D1754497

Hamburger Abendblatt

Für Weili, die so gerne fliegt

Unter dem Himmel von Sylt
Die Insel in Luftbildern

Fotos von Matthias Friedel
Texte von Hans-Juergen Fink

Hamburger Abendblatt

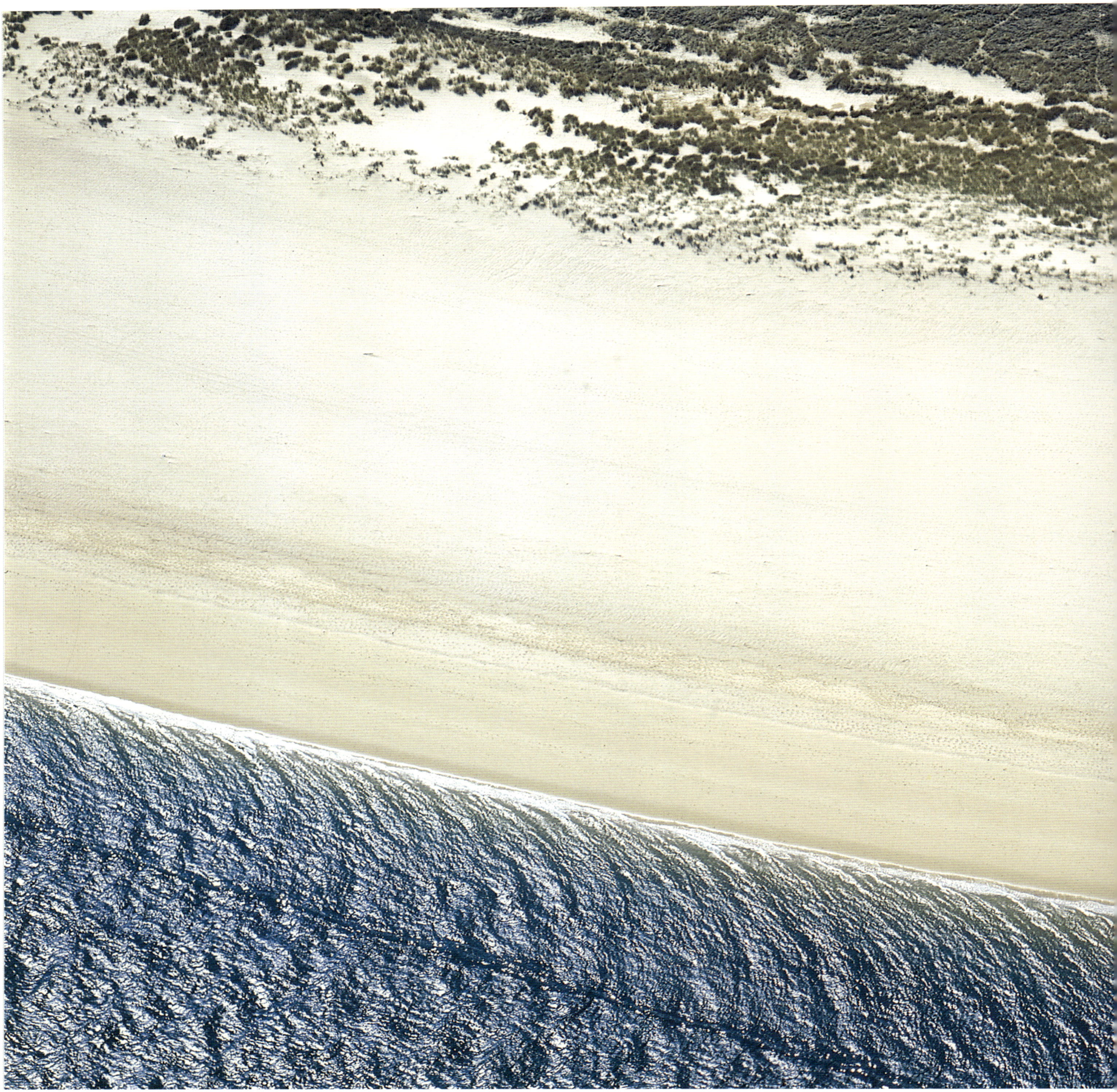

Inhalt

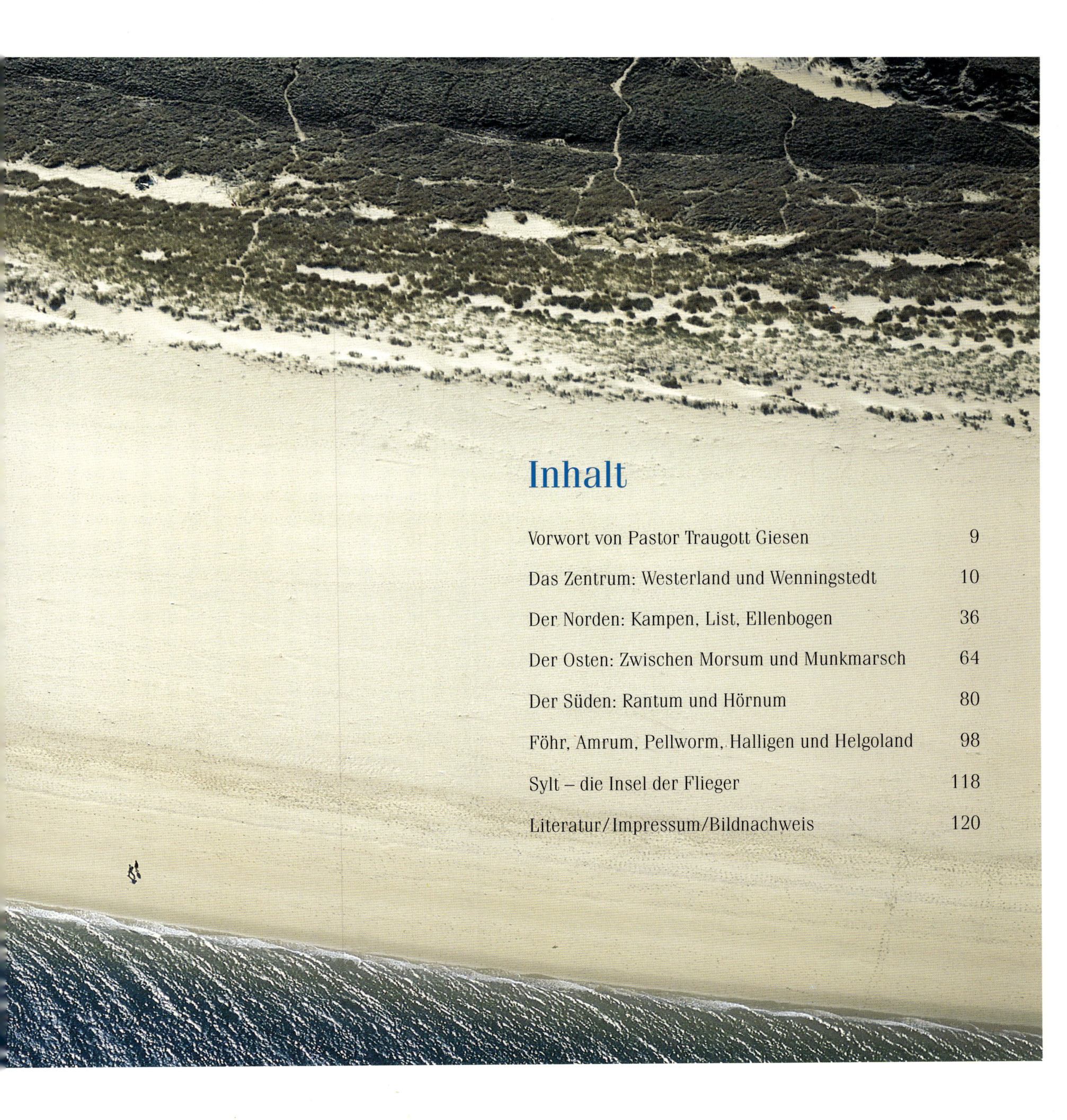

Vorwort von Pastor Traugott Giesen	9
Das Zentrum: Westerland und Wenningstedt	10
Der Norden: Kampen, List, Ellenbogen	36
Der Osten: Zwischen Morsum und Munkmarsch	64
Der Süden: Rantum und Hörnum	80
Föhr, Amrum, Pellworm, Halligen und Helgoland	98
Sylt – die Insel der Flieger	118
Literatur/Impressum/Bildnachweis	120

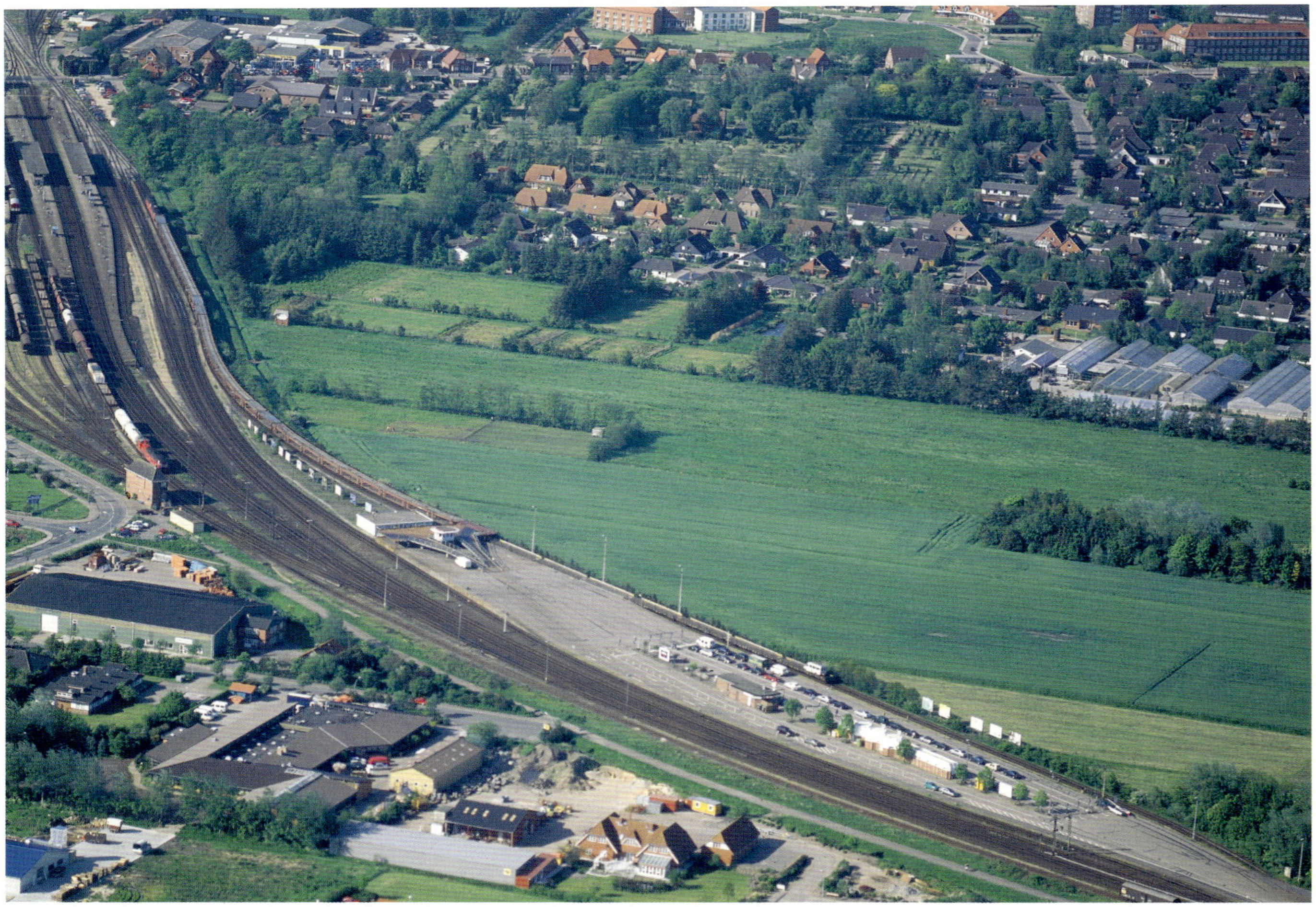

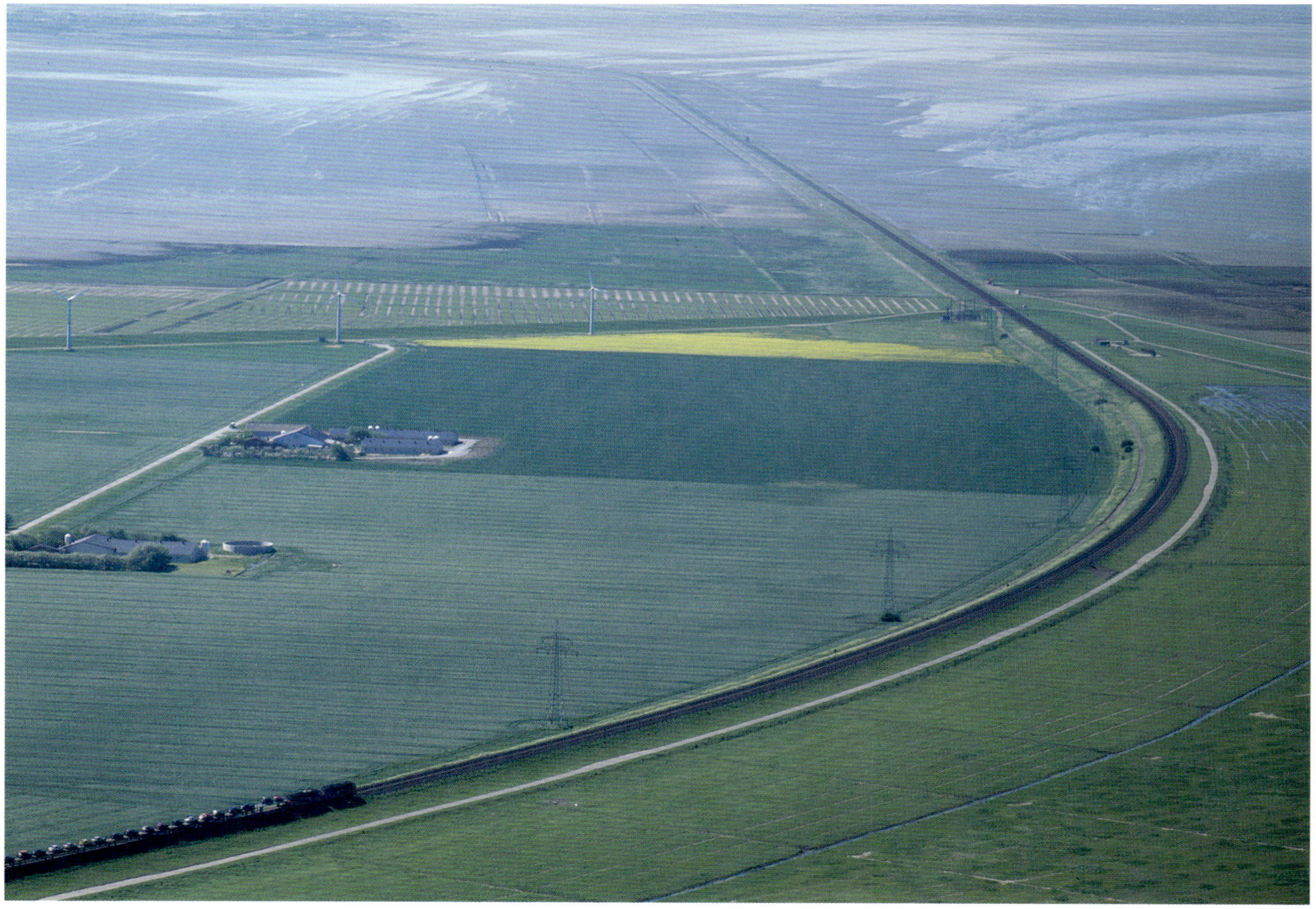

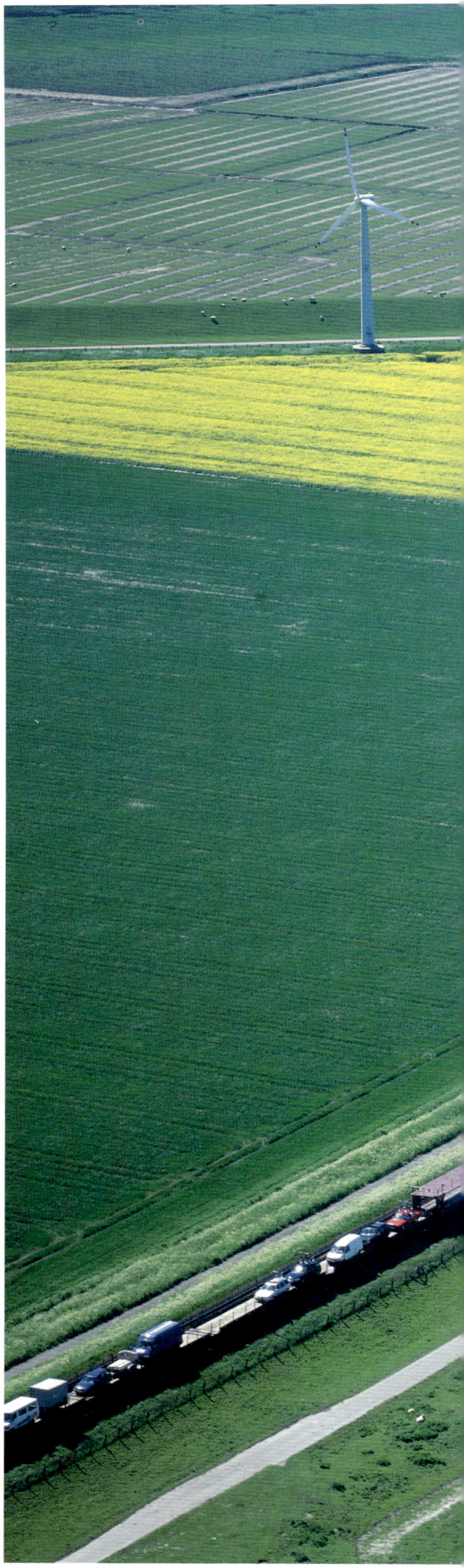

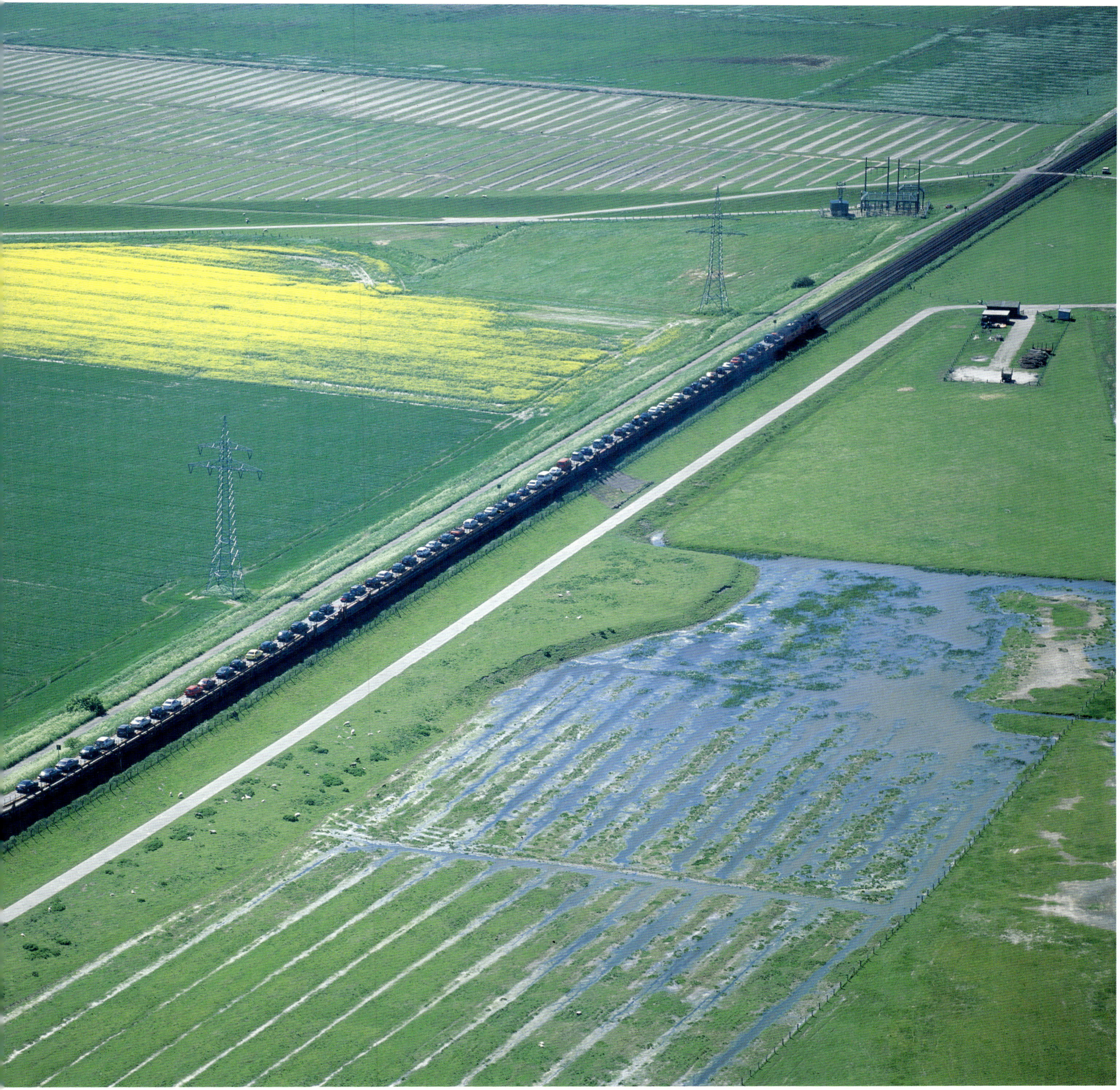

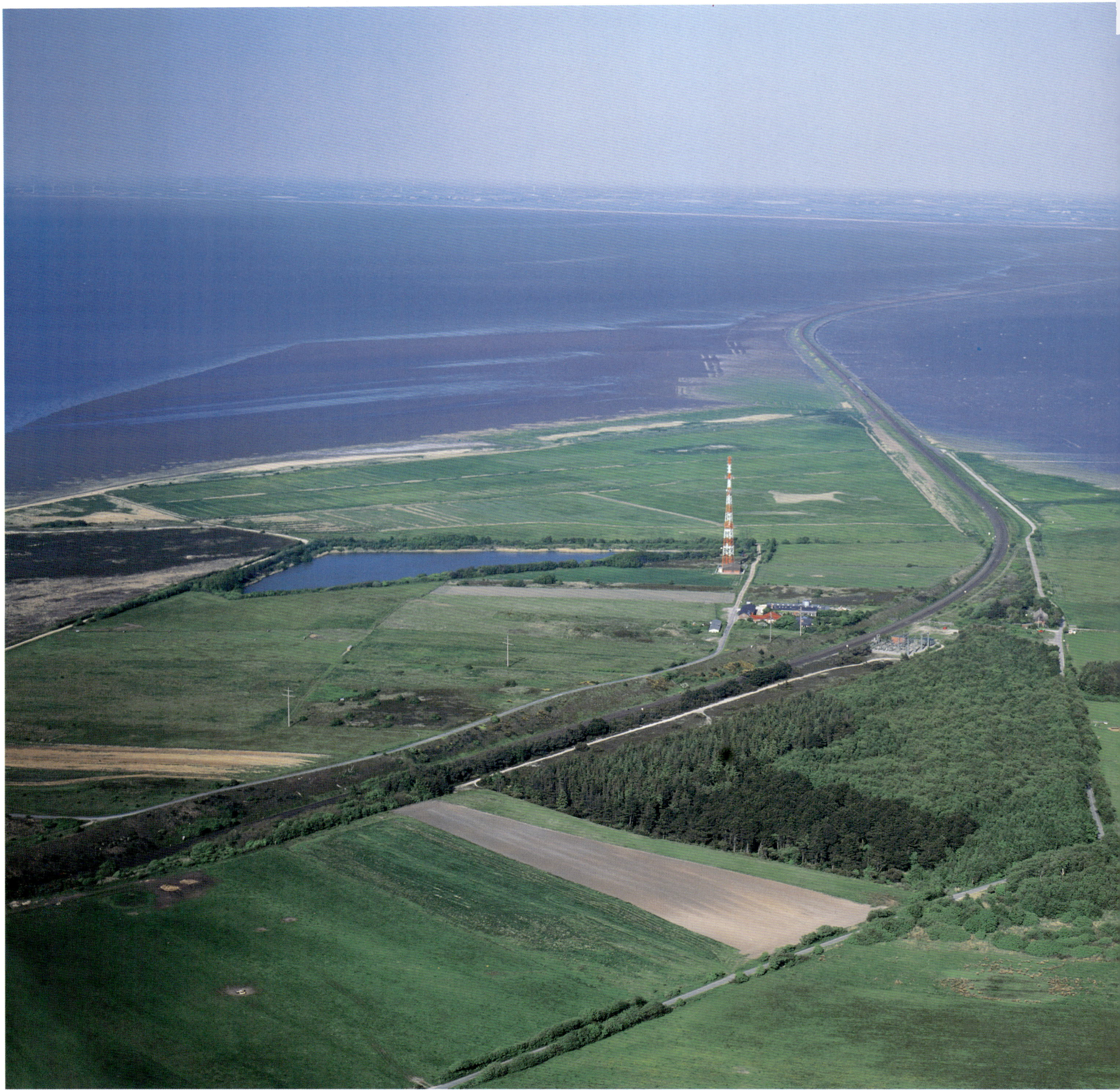

Vorwort

Hier spielt der Himmel mit. Schau es dir von oben an, Mensch, dies Geschenk aus dem Meer: die Inseln, die Halligen – Oasen, Schätze der Natur, Perlen der Treue Gottes. All diese Bilder sind wie mit behütenden Augen gesehen.

Sylt – filigran hingegossen wie ein Anker. Die Inseln und Halligen, vom Meer eingefasst mit gekräuselten Rändern – sie erscheinen in ihrer reinen Existenz ganz und gar wunderbar. Die Marschwiesen – gewachsen nach dem weisen Plan des Herrn der Gezeiten. Die Kliffs stehen verletzlich da. Und immer wieder der Strand: mal Fläche des vollen, bunten Lebens, mal als windgebügeltes leeres Brett.

Die Orte spiegeln in vielen Variationen die Lust des Menschen, sich zu behausen. Da ist das Dorf Keitum, dessen Wege noch erzählen von den Pads zwischen den Bauernhäusern und Fischerkaten. Da liegt Kampen, jedes Anwesen eine kleine Welt für sich hinter Wall und Heckenrosen. Und Westerland: Versorgungs- und Kurort zugleich. Die Häuser unter Reet: Sehen sie nicht aus, als schütze jedes von ihnen ein Geheimnis? Dazu die Kirchen, die den Menschen seit alters her viel Himmel in den Kopf setzen.

Und überall kleine Menschen vor dem großen Meer. Seine Weite ist es, die ihnen, wenn sie Probleme haben, den Kopf zurechtrückt bei ihren langen Spaziergängen entlang der Flutkante.

All diese Bilder laden ein, die eigenen Gefühle und Geschichten mit dieser Landschaft zu verbinden. Sie zeigen Vertrautes in ungewohnten Perspektiven, weggerückt – aber nur, damit wir schärfer hinschauen und dann mit neuem Überblick das Einzelne mehr achten, bestaunen, lieb gewinnen.

Sylt, die Inseln und die Halligen sind ein Versprechen; hier wird man dankbar. Auch dabei helfen diese Bilder – denn sie zeigen Orte des Glücks.

Pastor Traugott Giesen/Keitum

Das Zentrum: Westerland und Wenningstedt

Seit 1855 der erste Badekarren vor Westerland ins Wasser geschoben wurde, schlägt hier das Herz der Insel. Hier entstanden die ersten großen Hotels und Kureinrichtungen, hier gab es die erste Strandpromenade. Westerland ist Sylts einzige Stadt, sie ist Einkaufszentrum und Brückenkopf der Insel: Hier rollen die Autos von den Zügen, hier schweben Flieger aus ganz Deutschland ein. Längst ist Westerland bis an die Grenzen seiner Nachbarn gewachsen: Wenningstedt im Norden holt kräftig auf und ist selbst schon ein aufstrebendes, lebhaftes Familienbad. Tinnum im Osten gibt sich noch ruhiger und ländlicher.

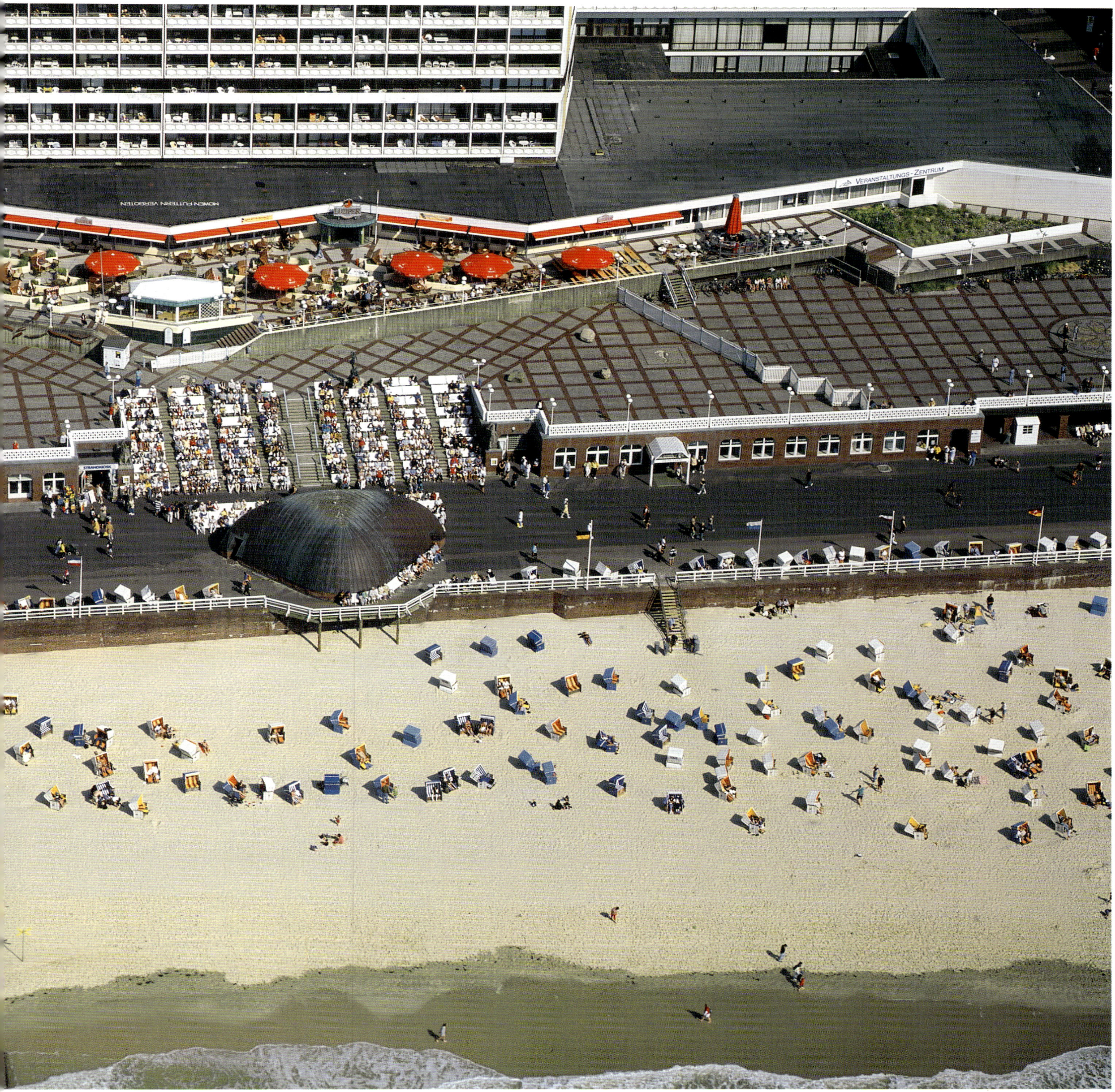
VERANSTALTUNGS-ZENTRUM

Das Herz der Insel: Westerland

◀ Strand mit Beton: In der Konzertmuschel von Westerland (vorherige Seiten, großes Foto) wird gegen das Meeresrauschen anmusiziert; Zuhörer sitzen auf Treppen, der Seeterrasse und auf den Balkons der Appartements im Kurzentrum. Strand mit Sand: Am Dünenrand nördlich von Wenningstedt gibts bei »Wonnemeyer« (Kiosk mit Strandsauna, kleines Foto) Bratwurst und Austern, Fisch und Hummer, Bier und Champagner. Und manchmal den Sylter Bilderbuch-Sonnenuntergang.

Bahnhof, Strand und Betonkästen

▲ Die Hauptstadt der Insel – das ist Westerland (Blick von Süden). Hier endet die Bahnlinie vom Festland, hier wohnen 9100 der 21 000 Sylter, hier finden 8000 Gäste einen Schlafplatz. Westerland war der erste Ort auf der Insel, der im 19. Jahrhundert entdeckte, dass mit meer- und sonnenhungrigen Urlaubern Geld zu verdienen ist. 1855 (36 Jahre später als auf Föhr) wurde am Strand vor Westerland der erste Badekarren aufgestellt – das Dorf hatte da knapp 450 Einwohner, fast 100 Badegäste kamen in der ersten Saison. 1905, als Westerland Stadt wurde, waren es mehr als 22 000 Urlauber – heute kommen pro Jahr 600 000 Gäste nach Sylt. Der Aufstieg Westerlands erlitt nur drei Einbrüche: durch die Inflation und die Weltkriege.

Der Brückenkopf zum Festland

Nur einen knappen Kilometer ist er vom Strand entfernt: der Bahnhof Westerland, wo seit dem Juni 1927 alle Züge ankommen, die über den Hindenburgdamm auf die Insel fahren. Hier dürfen die Autos über Rampen die rollende Fahrbahn des Autozugs aus Niebüll verlassen, und hier darf bei der Rückfahrt Schlange gestanden werden, bis man Stoßstange an Stoßstange wieder auf dem Zug zum Festland steht. Südwestlich des Bahnhofs der ZOB, der zentrale Haltepunkt der Inselbusse. Auf der Stadtseite kommt man vom Bahnhof in die belebte Fußgängerzone der Friedrichstraße. Seit 1908 steht der Backsteinbau der St.-Nicolai-Kirche. Das Stadtzentrum von Westerland ist durch seelenlose Betonklötze ziemlich gesichtslos

Bahnhof Westerland: Endstation Urlaub

geworden. Hübscher gebaut ist da schon das Rathaus (mit Casino), 1898 als Kurhaus gebaut, das zwei Turmzipfel zieren. Weiter rechts im Straßendreieck der Supermarkt und das Postamt (mit den gelben Paketwagen). Gleich drei eng beieinander liegende Autostraßen zerschneiden auf diesem Foto noch das Zentrum der Stadt: Maybachstraße (links) und Stephanstraße (rechts daneben), die – vereint – im Norden an der Nordseeklinik vorbei nach Wenningstedt führen. Weiter östlich verläuft der Straßenzug Bahnweg–Trift–Lorens-de-Hahn-Straße (von oben) am Bahnhof vorbei; er ist die eigentliche Durchgangsstraße vom Inselnorden in den Süden. Quer oberhalb des Bahnhofs: die Keitumer Chaussee nach Osten.

Westerland mit Vorortflair

Es gibt Ecken in Westerland, die unterscheiden sich kaum von den Vorortsiedlungen, denen sicher so mancher Urlauber entfliehen möchte. Zum Beispiel rechts und links des Bahnwegs, kurz vor der Kreuzung mit der L24 am Flughafen (rechts), wo auch Platz für Gewerbebauten ist. Leicht gebogen führt die kurze Tonderner Straße auf die großen Flachbauten der Schulen zu (links). Links neben dem kleinen Wäldchen (unten) befindet sich im ehemaligen Elektrizitäts- und Wasserwerk die Energieversorgung Sylt (EVS). Der Rest des Westerländer Nordens ist mit Einzel- und Doppelhäusern bebaut, aus denen der von Wald und Heide flankierte Komplex der Nordseeklinik (oben rechts) heraussticht. Nördlich davon beginnt schon Wenningstedt.

Westerlands kleine Schwester

1500 Einwohner hat Wenningstedt, zu dem auch der kleine Ortsteil Braderup am Wattenmeer gehört. Zum offenen Meer hin wird es von einer gelegentlich bröckelnden Kliffkante begrenzt, nach Osten hin bildet die Schnellstraße L24 die Grenze.

Zu dem längst im Meer versunkenen, weiter westlich gelegenen Wendingstadt gehört die gern aufgewärmte Sage, dass im Jahr 449 von hier aus Angeln und Sachsen während der Völkerwanderung aufgebrochen sind, um England zu erobern.

Die Gemeinde Wenningstedt ist seit 1927 ein von der Stadt Westerland unabhängiges Seebad und heute ein aufstrebender Familien-Badeort. Im Norden ist der schöne Dorfteich erhalten geblieben – er ist heute der einzige auf der Insel.

Gourmet-Kiosk und Campingplatz

Die Dünen zwischen Wenningstedt (rechts) und Kampen (links) oberhalb des Roten Kliffs sind längst Naturschutzgebiet. Am Strand der Kiosk- und Sauna-Neubau von »Wonnemeyer« – Anziehungspunkt nicht nur für Badegäste, die hier am Strandabschnitt »Abessinien« unbekleidetes Sonnen und Baden genießen, sondern längst auch bekannt bei Gourmets, die den Fußweg durch die Dünen nicht scheuen, weil sie hier direkt am Meer bestens bekocht werden. Wo die Strandkorbhalle steht – rechts neben dem Campingplatz mit seinen 180 Stellplätzen am Nordende Wenningstedts –, waren ab 1928 die Segelflieger der »Reichssegelfliegerschule« zu Hause. Hier wurde trainiert, und von hier gingen sie in den Lüften auf Rekordjagd.

Weißer Sand und breite Straßen

Der Norden von Wenningstedt – hier wurde großzügig geplant und gebaut; breite Straßen lassen genug Raum für fahrende wie parkende Autos. Dafür wirkt das Ortsbild nicht so heimelig und einheitlich wie etwa in Kampen. Sogar einige Kastenbauten wurden genehmigt. Der Straßenzug Braderuper Straße – Hauptstraße – Berthin-Bleeg-Straße (von oben) führt direkt zum Parkplatz am nördlichen, schmalen Übergang zum Strand. Die Strandstraße mit eingebautem Amphitheater endet als Fußgängerzone beim »Kliffkieker« und bei der kühnen Holztreppenkonstruktion, über die man hinunter zum Strand gelangt. Wenningstedt ist zwar in die Fläche gewachsen, doch gibt es mittendrin immer noch große Grünzonen.

Dorfteich, Friesenkapelle und Denghoog

Das Schmuckstück von Wenningstedt: Der Dorfteich mit den beiden kleinen Vogelinseln ist ein Paradies am nördlichen Ortsrand und wird von einem hübschen Spazierweg umrundet. Hier gibts auch gleich einiges zu sehen: die schlichte evangelische Friesenkapelle (oben rechts, errichtet 1914) und dahinter das über 4500 Jahre alte Großsteingrab Denghoog (die beiden Decksteine wiegen je zwei Tonnen), das zu den bedeutendsten vorgeschichtlichen Grabstätten in Nordeuropa gezählt wird. Es kann gegen geringes Entgelt besichtigt werden. Einige ältere Friesenhäuser finden sich noch am Teich, und wer sich gut bewirten lassen möchte, der kann das hier bei »Hinkfuss am Dorfteich« (unten links).

Nervenkitzel am Rand des Kliffs

Die Kliffkante am Zentrum von Wenningstedt: Hier beim »Bermudadreieck« Kliffkieker/Meeresblick/Gosch wird jeder Sturmflut besorgt entgegengesehen. Der »Kliffkieker«, früher die Strandhalle von Wenningstedt nördlich der Strandstraße, und gegenüber das Haus, in dem »Gosch am Kliff« Fischbrötchen verkauft, hatten 1956 noch eine Straße und viel Platz zwischen sich und dem Abgrund. Doch das Meer hat ständig am Kliff genagt; der vordere Teil der Strandhalle musste 1983 abgerissen werden. Und bei jedem Kaffee fragen sich die Besucher, ob sie hier im nächsten Jahr noch sitzen können. Auch die Treppe zum Strand wird von Sturmfluten immer wieder beschädigt. Trotzdem hat man hier ein Strandbistro dazugebaut.

Wenningstedt – die Mitte

Der mittlere Teil von Wenningstedt ist unspektakulär und praktisch gebaut. Er wird von den Straßen in meist rechtwinklige Parzellen zerteilt. Hier wird vor allem gewohnt – Gästezimmer immer inklusive. Die L24 durchzieht das Bild östlich des Ortes fast horizontal; an ihrer Kreuzung mit der Braderuper Straße (links): der große Spar-Markt. Darunter verläuft der Osterweg, die nächste große Parallelstraße ist die Westerlandstraße; sie durchschneidet Wenningstedt und führt rechts weiter zum südlichen Nachbarort Westerland. Links unten das Amphitheater in der Mitte der Strandstraße, weiter oben am linken Bildrand: der Dorfteich. Rechts unten: der Appartementblock Kronprinz. Im Hintergrund: Wenningstedts Ortsteil Braderup.

Strandnähe am Nordwäldchen

Der Südrand von Wenningstedt ist von den nördlichen Häusern Westerlands durch das Nordwäldchen (rechts) und eine Heidefläche getrennt. Ruhig lässt es sich hier wohnen, wenn man nicht gerade zu nah an der Nord-Süd-Durchgangsstraße, der L24 (oben quer), unterkommt. Ihre westlichen Parallelstraßen (darunter) sind der Osterweg und die große Westerlandstraße, die nach Süden als Norderstraße durch das Wäldchen zur Nordseeklinik führt. Ein Relikt aus den 60er-Jahren, unübersehbar, aber in den oberen Stockwerken mit einem wunderbaren Ausblick aufs Meer gesegnet: der Appartementklotz Kronprinz (links unten). Durch seine lang gestreckte Lage am Meer hat Wenningstedt genug Strand für jeden Urlauber.

Die Nordseeklinik

Die Asklepios Nordseeklinik vereint das einzige Krankenhaus für die Insel Sylt (140 Betten) mit Rehabilitationskliniken (für Atemwegserkrankungen und Tumornachsorge, für Dermatologie und Allergologie; 290 Betten) unter dem Dach eines privaten Trägers. Mit dem Bau der Klinik – damals »Kurlazarett« der Luftwaffe mit 150 Betten – wurde im Jahr 1937 begonnen. Sie war zu groß für die Sylter Fliegerhorste und wurde deshalb im Zweiten Weltkrieg als Lazarett für verwundete Angehörige aller Dienstgrade und Truppengattungen aus ganz Deutschland genutzt. Die verstreut liegenden kleinen Waldgebiete, die es heute auf Sylt gibt, sind alle erst im 19. Jahrhundert aufgeforstet worden – manche davon in privater Initiative.

Der Norden von Westerland

Umgeben von drei kleinen Wäldern, dem Nordwäldchen, dem Lornsen- und dem Friedrichshain, liegen die Asklepios Nordseeklinik und die benachbarte Siedlung (oben links). Getrennt werden Klinik und Wohngebiet durch die Norderstraße. Nicht mehr wegzudenken aus dem Sylter Sommer ist das Meerkabarett der »Fliegenden Bauten« auf dem Flugplatzgelände bei Westerland. Von Ende Juni bis Anfang September treten hier – flankiert von gehobener Gastronomie – Schauspieler, Musiker und Kabarettisten auf (oben rechts). Westerlands Norden (unten) wird dominiert von den Flachbauten des Schulzentrums (Mitte); immer mehr Appartementblocks schieben sich zwischen die niedrigere Wohnbebauung an der Norderstraße.

Surfer-Paradies Brandenburger Strand

Am Nordende des breiteren Teils der Westerländer Kurpromenade starten die Surfer zwar fast rund ums Jahr aufs Wasser. Aber nur einmal jährlich, Ende September, macht sich hier Weltcup-Stimmung breit: Dann kommt die Weltklasse der Surferinnen und Surfer zum Surf World Cup an den Brandenburger Strand. Sie kämpfen hier aber nicht nur gegeneinander, sondern auch gegen die unberechenbaren Wind- und Wellenverhältnisse vor Westerland. Bis zu 100 000 Zuschauer kommen in diesen Tagen, um den Sportlern zuzusehen. Hier liegen das Restaurant »Sunset Beach« (rechts oben) und die Surfschule Westerland, die sich auch derer annimmt, die nur so zum Spaß auf dem Segelbrett über die Wellen reiten wollen.

Einkaufs- und Flaniermeile: Die Friedrichstraße

Die Friedrichstraße, der direkte Weg vom Bahnhof zum Strand beim Hotel Miramar (unten rechts), ist neben ihrer Nachbarin im Norden, der weiter links gelegenen Strandstraße, die Flaniermeile Westerlands. Zur großzügigen, aber leider gesichtslosen Fußgängerzone ausgebaut, bietet sie den Urlaubern alles, was man so braucht: Postkarten und Badehosen, Bier und Fischbrötchen, Kaffee, Kuchen und Urlaubslektüre, Brillanten, getrocknete Seesterne, modische Pullover und Regenschirme.

Hochhäuser und Schwimmbad am Strand

Mit dem Bau von Westerlands Kurpromenade wurde 1907 begonnen, als Schutzmauer für das Hotel Miramar, dem die Abbruchkante immer näher rückte. Später wurde der ganze Westerländer Strand befestigt. Die Hochhäuser des Kurzentrums (500 Appartements), die seit 1969 den Bereich zwischen Strand- und Friedrichstraße vom Strand abriegeln, blieben das kleinere Übel: Das Großprojekt Atlantis (750 Appartements), das nördlich davon 100 Meter aufragen sollte, wurde 1972 nach Bürgerprotesten von der Landesregierung gestoppt. Am Fuß der Klötze liegen Kurverwaltung (im Herbst 1999 ausgebrannt) und Kursaal; links davon Sylter Welle (Freizeitbad) und Syltness-Zentrum, wo Körper und Seele verwöhnt werden.

Westerland-Süd zwischen Strand und Bahn

Westerland ist um 1450 entstanden, als die Bewohner des in der Nordsee untergegangenen Ortes Eidum ihre Siedlung weiter im Osten neu errichteten – auf dem Flurstück Westerland. Dass diese Notlösung einst der Hauptort der Insel werden würde, hat wohl niemand geahnt. Der Strand und die Eisenbahn haben die Stellung Westerlands gefestigt; zwischen beiden erstreckt sich der südliche Teil der Stadt von der Friedrichstraße (links) bis zum Syltstadion (rechts unten). Herausragend der 1999 geweihte hellrote Backsteinneubau der katholischen St.-Christophorus-Kirche (links; er gleicht einem Schiffsrumpf). Am Strand links vom Schützenplatz das Dorint-Hotel. Im Hintergrund links der Flughafen Westerland, rechts Tinnum.

Südwäldchen, Campingplatz und Tinnumburg

Ganz im Süden von Westerland, dort, wo die rechteckigen Wohnblocks der Theodor-Heuss-Straße stehen, kann man im Wald spazieren gehen, auch wenn das kein langer Spaziergang wird, weil das Südwäldchen doch recht überschaubar ist. Vom Dünencamping Sylt mit seinen mehr als 500 Stellplätzen ist es nur ein Katzensprung bis ins Wasser. Zwischen Westerland-Süd (links) und Tinnum (oben rechts) liegt auf dem offenen Feld bei der Kurve der hellen, früheren Bahntrasse zum Flughafen der in seinen Anfängen 2000 Jahre alte Ringwall der Tinnumburg, ein 20 Meter dicker und 7 Meter hoher Erdwall mit einem Durchmesser von 120 Metern. Links davon liegen Tennishalle und -plätze des Tennis-Clubs Westerland.

Eine Oase für Sonnenanbeter

Da, wo südlich vom Westerländer Campingplatz aus Süderstraße und Lorens-de-Hahn-Straße die Landstraße nach Rantum und Hörnum wird, liegen die großen Parkplätze für den FKK-Strand »Oase«. Wer sich hier hüllenlos sonnen will, kommt am kurzen Weg quer über die Dünen am Café-Restaurant »Oase zur Sonne« vorbei und kann sich dann an dem endlosen weißen Sandstrand sein ganz privates Plätzchen suchen – mit Strandkorb oder ohne. Die Westerländer FKK-Strände wurden übrigens erst im Jahr 1954 auch offiziell eingerichtet – davor sorgten Badegäste, die den Strand ohne Kleider bevölkerten, immer mal wieder für Aufstände von selbst ernannten Moralaposteln. Diese Zeiten sind heute vorbei.

Tinnum zwischen Westerland und Keitum

Entlang der Keitumer Landstraße und an beiden Strecken der Bahnlinie vom Festland liegen die Häuser von Tinnum. Früher gab es hier mal eine Seefahrerschule; heute ist Tinnum (inzwischen 2800 Einwohner), obwohl es zur Gemeinde Sylt-Ost gehört, beinahe ein Vorort der Inselhauptstadt. Nach Norden kann Tinnum nicht wachsen, denn dort dehnt sich der Flughafen Westerland aus. An seiner Begrenzungslinie haben sich zwischen der Keitumer Landstraße und der Bahnstrecke viele Gewerbebetriebe niedergelassen. Die schönen Seiten von Tinnum entdeckt man, wenn man durch den Ort fährt. Informationen gibts bei der Kurverwaltung (das Haus mit rotem Dach und Parkplatz südlich der Bahngleise in der Bildmitte).

Der Osten von Tinnum

Die östlichsten Häuser von Tinnum sind nur einen Kilometer vom Keitumer Ortsrand entfernt. Aber noch ist Tinnum im Osten umgeben von grünen Feldern. Nördlich der Bahnstrecke gibt es große Supermärkte, Restaurants und Firmen, im Süden wird gewohnt, allerdings nicht unter Reet, sondern unter grauen Schieferdächern. Von hier kann man hervorragend zu Radtouren und Wanderungen in die ruhigen südlichen Teile des Inselostens am Wattenmeer starten, zu einer Umrundung des Rantumbeckens, oder man kann die Tinnumburg erobern. Und im privaten Zoo (knapp außerhalb des unteren Bildrands) lassen sich einheimische und exotische Tiere besichtigen – vom Wildschwein bis zum Flamingo.

EDXW – der Flughafen Westerland

Nach dem Ende des Ersten Weltkrieges gab es auf den Feldern zwischen Westerland (rechts), Tinnum (oben), Munkmarsch (unten links), Keitum und Kampen einen kleinen Inselflugplatz, noch mit unbefestigten Start- und Landebahnen, über den im Wesentlichen Badegäste und Postsäcke auf die Insel kamen. Seit 1934 bemühte sich die Luftwaffe um den Ausbau des Flugplatzes zu einem Fliegerhorst, was 1939 auch geschah. Aus dieser Zeit stammen die Beton-Runways 15/33 (2113 Meter) und 06/24 (1696 Meter). Eine dritte wird vom heutigen Flughafen Sylt nicht mehr genutzt. Damals wurden auch die Kasernen errichtet (unten), in denen heute noch Techniker ausgebildet werden. Der Insel-Airport – mit seinen 536 Hektar

Hier könnten Jumbos landen

Fläche einer der größten Deutschlands – wird seit 1972 rein zivil genutzt. Es gibt, überwiegend in den Sommermonaten, Verbindungen mit Hamburg (seit 1920), mit Berlin und Städten im Rheinland und in Bayern. Etwa 50 000 Passagiere landen hier pro Jahr. Auf dem Gelände befinden sich noch ein Segelflieger-Club (links), eine Flugschule (rechts, direkt an der großen Betonfläche) sowie Flugzeughallen (oben). Tower und Abfertigungsgebäude stehen rechts des Landebahnkreuzes. Außerdem liegen hier die Brunnenfelder für das Trinkwasser der Insel, landwirtschaftliche Flächen und der Marinegolfplatz. Ende 1999 haben die Gemeinden von Sylt-Ost der Bundesrepublik den größten Teil des Flugplatzgeländes abgekauft.

Der Norden: Kampen, List, Ellenbogen

Kampen war auf Sylt schon immer der bevorzugte Ort all derer, die etwas mehr Geld mitbrachten als andere. Auch Künstler haben sich hier immer wohl gefühlt. Große Reetdachvillen, noble Restaurants, teure Autos und Boutiquen zeigen das, obwohl ganz große Partys selten geworden sind.
An den Kanten ist Kampen eine Naturschönheit – auch wenn das Rote Kliff bröckelt. Lange Strände und die Mondlandschaften der Dünen reichen hinauf bis nach List, das versucht, den spröden Charme seiner Militärvergangenheit loszuwerden.
Und der Ellenbogen ist reserviert für alle, die Natur pur mögen.

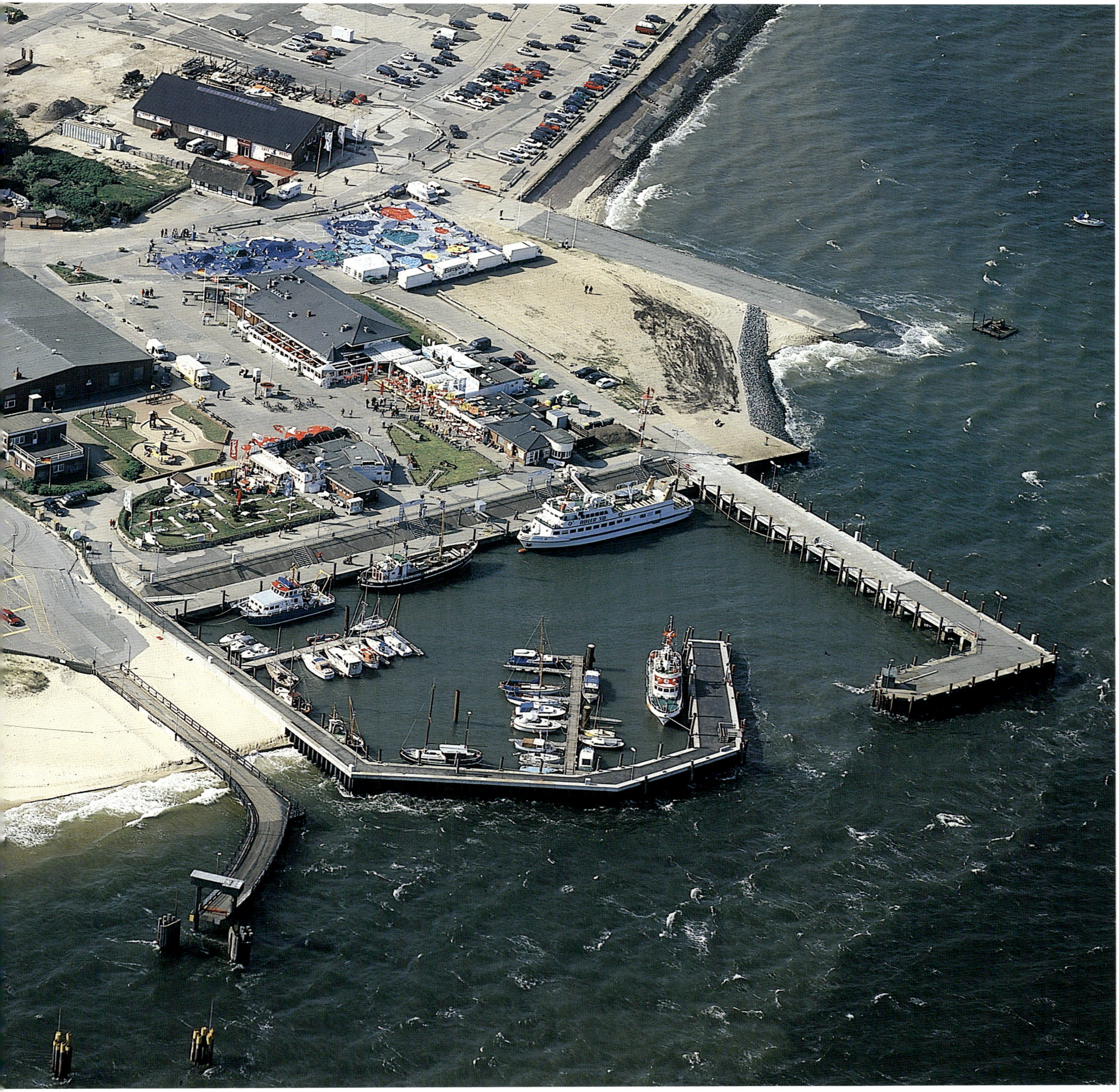

Strände für jeden Geschmack: Der Norden

◀ Noch hält die Befestigung vor dem Haus Kliffende. Aber die Sturmfluten des Winters 1999/2000 haben sie freigespült (kleines Foto). Wer Trubel sucht, fährt zum Lister Hafen (großes Foto): Zwischen Anleger und »Gosch« ist immer was los.

▲ Weißer Sand und trotz der Orte Wenningstedt (unten), Kampen (Mitte) und List (oben) noch jede Menge unberührte und geschützte Natur – im Norden der Insel gibt es viel zu entdecken. Ganz oben: die dänische Nachbarinsel Rømø.

Reetdächer, Golfplatz, Watt: Kampen

Zwischen Rotem Kliff (oben) und der Wattseite (unten rechts) liegt Kampen. 600 Einwohner leben hier – fast doppelt so viele Zweitwohnungsbesitzer kommen dazu. Das einstige Bauerndorf zwischen Wenningstedt (oben links) und List im Norden (weiter rechts) gilt seit den 50er-Jahren nicht mehr nur als Treffpunkt der Dichter, Musiker, Maler, Schauspieler und Verleger, sondern auch der Reichen und Neureichen. Sichtbar wird das an opulenten Anwesen, teuren Autos und Boutiquen und in vielen Kneipen und Restaurants. Kampens wahre Schönheit muss immer neu entdeckt werden. Wie wärs mit einem Kaffee im Garten der »Kupferkanne« (Wattblick inklusive)? Oder mit einem dramatischen Sonnenuntergang am Roten Kliff?

Golfen zwischen Hügelgräbern

Die weitläufige 18-Loch-Anlage des Golf-Clubs Sylt (hier ein Blick von Westen) dehnt sich seit 1989 entlang der Straße Kampen–Braderup (oben). Die Zufahrt zum rechtwinklig angelegten Clubhaus (unten links) befindet sich allerdings an der Straße Westerland–List (gegenüber vom Clubhaus: die Norddörferhalle, das Tenniscenter Norddörfer und Wohncontainer für Asylbewerber). Wer hier golft, tut das auf historischem Boden. Auf dem Golfplatz gibt es mehrere runde Erhebungen: Hügelgräber aus der Bronze- und Eisenzeit, die auf die frühe Besiedlung des für Sylter Verhältnisse hoch gelegenen Bodens hinweisen. Jenseits der Straße nach Braderup: das Naturschutzgebiet Braderuper Heide mit wunderbaren Wanderwegen.

Luxushäuser, Leuchtturm und Kupferkanne

Am Nordrand von Kampen (oben links), mit Blick aufs Watt, findet man einige der exklusivsten Reetdachvillen der Insel, darunter den Klenderhof – einst Domizil des Hamburger Verlegers Axel Springer (der Winkelbau mit dem Turm).

38 Meter hoch ist der weiße Leuchtturm von Kampen mit der schwarzen Bauchbinde (oben rechts); das Licht des Rote-Kliff-Feuers ist 21 Seemeilen (fast 40 Kilometer) weit zu sehen. Der Turm wurde 1855 nördlich vom heutigen Golfplatz errichtet.

Die »Kupferkanne« (unten) ist ein beliebter Kaffeegarten mit Wattblick. Die Winterstürme 1999/2000 haben hier 80 Prozent der Bäume umgeweht. Einige wurden im Frühjahr, die Wurzeln nach oben, als bizarre Skulpturen aufgestellt.

Uwe-Düne und Rotes Kliff

Fast viereinhalb Kilometer lang zieht sich das Rote Kliff, die bis zu 30 Meter hohe und geologisch interessante Abbruchkante, von Wenningstedt bis zum Haus Kliffende in Kampen. Doch bei jeder großen Sturmflut knabbert das Meer unwiederbringlich ein paar Meter weg, wenn nicht jedes Jahr am Strand schützender Sand aufgespült wird. Zwischen der Kurhausstraße (links) und dem Campingplatz mit 130 Stellplätzen am Möwen-Weg (rechts) liegt am Nordrand der Dünenlandschaft Sylts höchste Erhebung, die 53 Meter hohe Uwe-Düne. Eine Treppe führt zu ihrer Aussichtsplattform. Die Düne heißt nach Uwe Jens Lornsen, der für Sylts Unabhängigkeit von Dänemark eintrat. Im Hintergrund die Häuser von Kampen-Süd.

Echtes Reet, rote Ziegel, Whiskystraße

Seit 1913 wird in Kampen das Ortsbild durch eine Bauordnung geschützt: rote Ziegel, Reetdach und maximal acht Meter Höhe sind bindend. Aber trotzdem lässt sich der Charme des alten Kampener Ortskerns (oberes Bild, links) nur bedingt wahren. Die Kurhausstraße führt an Hotels und Pensionen vorbei bis fast zum Kliff (unteres Bild); die Gebäude versuchen wie Friesenhäuser auszusehen. Rechts oben: der Strön-Wai, abends als »Whiskystraße« Pilgerziel für alle, die dazugehören wollen.

Kliffende, Sturmhaube und Rotes Kliff

Beim Parkplatz am Kliff (oberes Bild) nördlich der Kurhausstraße: das Panorama-Restaurant »Sturmhaube«. Ein Vorgängerbau wurde 1968 abgerissen, weil das Kliff bröckelte: Absturzgefahr! Extrem gefährdet ist auch das Haus Kliffende (oben). Die Befestigungen haben im Winter 1999/2000 zwei Sturmfluten abgehalten, wurden aber beschädigt. Das Rote Kliff (unteres Bild) hat seine Farbe von rötlichen Eisenoxiden im Boden. Besonders schön leuchtet es im Licht der tief stehenden Abendsonne.

Kampens Strände: Nichts mehr für Paparazzi

Nördlich von Kampen beginnt wieder die wilde Dünenlandschaft, die mit wenigen Ausnahmen unter Naturschutz steht. Hier liegen ausgedehnte FKK-Strände, die noch Anfang der 60er-Jahre für wilde Illustrierten-Fantasien sorgten. »Buhne 16« war damals in der deutschen Provinz ein Synonym für reich, schamlos und sündig. Heute ist das Strandparadies in die Jahre gekommen; im Hochsommer werden hier gern Strandkörbe langfristig durch Reservierung gesichert. Übrigens baden 70 Prozent aller Sylt-Urlauber nackt; was um 1900 noch revoluzzerhaft war, ist heute ganz normal. Links oben das Kindererholungsheim Vogelkoje des Hamburger Schulvereins; der hufeisenförmige Teich rechts gehört zur Kampener Kläranlage.

Café Po – der Kiosk bei Buhne 16

Das ist wahrer Badeluxus: kurze Wege vom Wasser und Sandstrand zum Kiosk »Buhne 16«. Dort gibts alles, was der Sonnenanbeter begehrt, was aber keiner selbst zum Strand mitschleppen möchte: Getränke, Eis und einen kleinen Imbiss. Denn hierher kommt man – ob Porsche- oder Fahrradfahrer – nur zu Fuß, vom Parkplatz an der Straße einmal quer durch die Dünen. Natürlich ist der Badestrand hier bewacht, damit kein Schwimmer zu Schaden kommt. Kleidung wird beim »Café Po« nur übergestreift, wenn Sonne oder Wind zu heftig wird. Aber auch dann nicht von jedem: Schließlich will ein gelungener Sylt-Urlaub zu Hause auch vorgezeigt werden. Und das geht nur, wenn man nahtlos braun ist.

Kindererholung und Jugend-Seeheim

Nördlich von Kampen liegen drei Erholungsheim-Komplexe, die zum Teil in früheren Militäranlagen eingerichtet wurden. Das Kindererholungsheim Vogelkoje (oben) betreibt der Hamburger Schulverein für Schulklassen und Jugendgruppen. Und im Jugend-Seeheim Kassel (unten) – bis 1945 eine große »Seezielbatterie« – mit bis zu 550 Betten in Häusern und dem Zeltlager können Jugendliche und alte Menschen aus der Region Kassel ihren Urlaub oder Gruppenfreizeiten machen.

Klappholttal und Vogelkoje

Auch die Akademie am Meer im Klappholttal (unten) hat eine militärische Vergangenheit. Doch 1919 wurde das Lager von der Freideutschen Jugend übernommen – als Kindererholungsheim und Heimvolkshochschule. Auch heute noch werden hier in Strandnähe Kurse angeboten. Die Vogelkoje Kampen (oben), eine von drei kommerziellen Entenfanganlagen auf Sylt, wurde 1767 gebaut und war bis 1921 in Betrieb. Heute ist sie Vogelschutzgebiet mit Restaurant und Museum. Von zahmen Artgenossen auf den kleinen Teich gelockt, wurden Wildenten in eine der »Pfeifen« an den Ecken getrieben, die in einer Reuse endeten, wo sie gefangen und getötet wurden. In Spitzenzeiten traf dieses Schicksal 25 000 Enten pro Jahr.

Siedlung Sonnenland und Blidselbucht

Dort, wo die Straße (1938 gebaut) nach Norden (links) hinter der Vogelkoje fast direkt am Watt verläuft, beginnt an der Doppelkurve der alten Inselbahntrasse Listland, das bis 1864 der dänischen Krone gehörte (oberes Bild). Vom großflächigen Naturschutzgebiet ausgenommen ist einzig die Siedlung Sonnenland (unteres Bild, gebaut 1961): die Häuser von Westerheide (rechts) und Süderheidetal (links). In der Blidselbucht im Wattenmeer davor wachsen heute wieder von Frühjahr bis Herbst Austern heran – in Netzsäcken auf langen Eisengestellen im Wattenmeer. Eine naturverträglichere Nutzung des Watts als das hier in den 70er-Jahren auf dem Hunnigensand im Watt geplante friesische Pfahlhochhaus, das Proteste verhinderten.

Wattblick: Westerheide und Mellhörn

Die hübschen Reetdachhäuser in der hügeligen Dünenlandschaft von Westerheide drängen die Süd-Nord-Straße bis auf wenige Meter ans Wattenmeer heran (oben). Ebenfalls in den Dünen am Watt liegen die Häuser von Mellhörn (unten), der südliche Teil des Südzipfels von List. Hier beginnt bereits die Strandbefestigung von List; die Häuser am Wasser bieten ihren Bewohnern eine wunderbare Aussicht weithin über das flache Wasser bis zum Hindenburgdamm im Süden und zum Festland gegenüber. Die einmalige Landschaft des Watts ist als Nationalpark geschützt; wenn das Wasser zurückweicht, gewährt sie behutsamen Wattwanderern einen Einblick in das artenreiche Leben auf dem Meeresboden.

Bettenburgen und Schießstände

Neben den Reetdachhäusern bietet Mellhörn noch eine architektonische Extravaganz, die man nur genießen kann, wenn man sich eins der Appartements in den oberen Stockwerken mietet (oben). Nur dann nämlich sieht man die beiden roten Bettenburgen mit den weißen Streifen nicht und hat stattdessen die schöne Aussicht übers Watt. Zum Glück eine der wenigen Bausünden hier oben. Wenig erfreulich auch, was der Blick in die Landschaft westlich von Mellhörn offenbart: Hier, am Ende des Mannemorsumtals, verschandelt ein militärischer Schießstand die Natur (unten) – ein Überbleibsel der Festung Sylt, die sich seit dem vergangenen Jahrzehnt langsam in die zivile Ferieninsel zurückverwandelt, wie es sie vor 1900 gab.

Betreten verboten – hier wandert die Düne

»Man muss sie sich verfünffacht denken: Man glaubt, in der Sahara zu sein.« So beschrieb der Urlauber Thomas Mann das Naturwunder bei List: die Wanderdünen. Es gibt nicht mehr viele in Europa, und die meisten wurden inzwischen befestigt. Aber hier im Naturschutzgebiet Nordsylt darf der Wind, meistens vom Westen her, den bis zu 35 Meter hoch aufgetürmten Sand auch weiter vor sich hertreiben – das Wandertempo der schneeweißen Berge beträgt pro Jahr immerhin bis zu vier Meter in östlicher Richtung. Auf der Ostseite begraben sie die Vegetation unter sich; auf der Westseite geben sie Raum für neuen Bewuchs frei. Das gesamte Dünengebiet bis zum Ellenbogen steht seit 1923 unter Naturschutz.

Wanderdüne und Strandwanderer

Wie eine gestrandete weiße Riesenqualle liegt die Wanderdüne bei List in der urzeitlichen Mondlandschaft (oberes Bild). Der Wind bläst von Westen (rechts) her den unbefestigten Sand den Dünenhang hinauf, fegt ihn über den östlichen Steilhang, wo er sich Zentimeter für Zentimeter das Land erobert. Die Strandsauna (unteres Bild) bei der alten Militärstraße nach List liegt an einem der einsamsten Strände der Insel – ideal für lange Wanderungen immer entlang der Grenze von Land und Wasser.

Vom Militär geplant – von Urlaubern genutzt

Um 1910 standen in List gerade mal 13 Häuser, in denen 70 Menschen lebten. Ab 1914 wurde für den Ersten Weltkrieg eine Seeflugstation gebaut. Ab 1920 wurde schon wieder militärisch geplant: ein Marinedepot und die getarnte Fliegerausbildung, die in den Bau des Seefliegerhorsts List mit Kasernen und Wohnungen für einige tausend Militärangehörige, -bedienstete und deren Familien mündete – im Ortsbild heute unschwer an langen gleichförmigen Häuserreihen erkennbar, zum Beispiel in der Mövenbergstraße (von unten links) oder dem Landwehrdeich (unterhalb der Kaserne). In der Kaserne residiert weiterhin die Marine-Versorgungsschule. Heute hat List 2900 Einwohner und fast so viele Gästebetten.

Hafen und Biologische Anstalt

Der Hafen von List (oberes Bild) ist Ausgangspunkt der Autofähre nach Rømø. Ausflugsschiffe starten hier zu Seehund-, Piraten- und Dampferfahrten. Und hier steht auch »Gosch« – »Deutschlands nördlichste Fischbude«. Neben dem Parkplatz, auf dem früher Hallen des Seefliegerhorstes standen, das Neubaugebiet Am Königshafen und Lister Reede (unteres Bild, rechts). In der Ecke die Biologische Anstalt Helgoland und die Biologische Station, Ausgangspunkt für naturkundliche Wanderungen.

Natur pur: Königshafen und Ellenbogen

Wer glaubt, mit List hört Sylt schon auf, der irrt gewaltig: Der schmale Nehrungshaken des Ellenbogens (links) bietet Wanderern, Radfahrern und Surfern die schönsten Naturerlebnisse. Nur das Schwimmen ist hier wegen der unberechenbaren Strömungen lebensgefährlich. Auf dem Weg zum Ellenbogen umrundet man die Bucht des Königshafens, ein großes Wattgebiet mit den Salzwiesen des Lister Koogs (rechts, mit der Kläranlage), der Vogelschutzinsel Uthörn und einem großen Priel. Eine mautpflichtige Privatstraße führt bis fast an die Ellenbogenspitze. Am Königshafen haben Windsurfer und Naturschützer einen Kompromiss geschlossen: Der schnelle Sport darf hier auch im Naturschutzgebiet ausgeübt werden – behutsam.

Aus der Kaserne wurde die Jugendherberge

1935 wurde in den Dünen hinter dem Lister Koog gebaut: Die großen und etwas düsteren Backsteinbauten des Lagers Mövenberg an der Straße zwischen List und dem Weststrand dienten als zentrale Unterkunft für die Ausbildungsbatterien der Kriegsmarine. Man hatte die Nordspitze der Insel mit mehreren großen Geschützbatterien befestigt – bis 1939 natürlich »nur« zu Ausbildungszwecken. Heute dienen die Gebäude eindeutig friedlicheren Zwecken: Hier sind die Jugendherberge (400 Betten) und das Ferienheim des »Vereins Jugenderholung auf Sylt« untergebracht (130 Betten und ein Zeltlager). Wer's langsam angehen lässt, kann hier Freundschaft mit den Schafen schließen, die das leckere Grün der Salzwiesen abweiden.

Neubau nach Sturmflut: Strandhalle List

Vom Parkplatz nahe beim Abzweig auf den Ellenbogen führt ein kleiner steiler Anstieg hinauf zur »Strandhalle List«, einem Restaurant im modernen Holzbau. Der Vorgängerbau musste 1985 aufgegeben werden, nachdem das Meer bei einer Sturmflut im November gleich 12 Meter Dünen geholt hatte. Als er 1959 gebaut worden war, musste man bis zum Dünenrand noch 50 Meter laufen. Ein hölzerner Überweg mit Treppe führt zum Strand hinunter. Die vielen Strandkörbe dort werden im Winter in der Halle rechts gelagert. Und wer's gern deftig haben möchte in lauen Sylter Vollmondnächten, der trifft sich in der »Bambus Bar« unten am Parkplatz, da heißt es dann: Sylt grüßt Ibiza! – bis zum Abwinken am frühen Morgen.

Leuchtturm Ellenbogen-West

Er steht seit 1857 da, wo der Nehrungshaken nach Osten abknickt: der Leuchtturm Westellenbogen. Er sorgt noch immer für die Sicherheit der Schifffahrt im berüchtigten Lister Tief (rechts unten), und er markiert heute auch die Stelle, wo der stetig schwindende Lister Weststrand (oben) in den stetig wachsenden Nordstrand des Ellenbogens (unten) übergeht. Die Strömungsverhältnisse sorgen dafür, dass der Sand, der am einen Strand mühsam für teures Geld und fast jährlich neu aufgespült wird, dort wieder abgetragen und zum Nordstrand transportiert wird. Strandwanderer schätzen das immer breiter werdende Revier, vor dem man bei Ebbe mit dem Fernglas die Seehunde auf ihren Sonnenbänken sehen kann.

Leuchtturm Ellenbogen-Ost

Als Zwillingsbruder des West-Leuchtturms wurde der Turm Ostellenbogen im selben Jahr gebaut. Er steht hoch auf der Düne, kurz hinter einer der schmalsten Stellen der Halbinsel, an der man fast von einem Strand zum anderen hinüberspucken kann. Hier macht sich der breite Nordstrand wieder so dünn, dass er befestigt werden muss. Und wer an windigen Tagen um die Ellenbogenspitze herumwandern will, dem schmirgelt der glasharte Flugsand die Haut überall dort, wo er sie erwischen kann. Trotzdem ist eine Wanderung zwischen Meer und Dünen hier ein unvergleichliches Naturerlebnis. Und wenns der Fahrplan und die Ebbe gut meinen, fährt die Fähre von Rømø hier fast schon in Rufweite am Nordstrand vorbei.

Urlaub ganz oben in Deutschland: Uthörn

Hier ist der Urlaub wirklich total: Wer sich in einer der Ferienwohnungen des Hauses Uthörn einquartiert, sieht den Trubel von List aus gelassener Entfernung. Und neben Gleichgesinnten finden sich hier höchstens noch einige freundliche Schafe ein, die sich gelegentlich leise meckernd unterhalten. Abwechslung bringt das ewige Spiel von Ebbe und Flut, das alle 12 Stunden den Königshafen weitgehend trockenlegt (Betreten verboten – absolute Naturschutz-Zone!). Wer doch ab und an ein paar mehr Menschen sehen will, kann von seinem Strandkorb aus das endlose Defilee der Spaziergänger beobachten oder auch die Kapriolen der Surfer im Königshafen, wenn Flut und Wind für sie günstig sind.

Mehr Meer geht nicht: Die Ellenbogenspitze

Am äußersten Zipfel von Deutschland: Wer sich hier an den Dünenrand setzt, ist gleich an drei Seiten vom Meer umgeben; und wer nach Norden und Osten schaut, hat Dänemark fest im Blick. Und weit hinten auf dem Festland drehen sich die Flügel der Windkraftwerke. Die Ellenbogenspitze ist ein Punkt, der die Urlauber magisch anzieht. Vielleicht weil man sich hier am ungeschütztesten fühlt und ahnen kann, wie viel Kraft in Wind und Wasser steckt und wie fragil das Gebilde Sylt ist.

Die dänische Nachbarin: Rømø

Hier gibts im Überfluss, was Sylt immer mehr fehlt: einen Sandstrand, der an manchen Stellen – wie hier im Süden der Havsand – so breit ist wie die Insel selbst. Rømø, die 145 Quadratkilometer große dänische Nachbarin im Norden von Sylt, ist eine halbmondförmige Insel, mit dem Festland durch die Straße über den Rømødamm verbunden. Wer von hier weiter nach Sylt will, muss die kurze Fährtour über das Rømø Dyb und das Lister Tief nehmen. Dieser Weg ist sicher der schönere, einen Sylter Inselurlaub zu beginnen. Auf Rømø, das erst 1920 durch Volksabstimmung von Deutschland zu Dänemark kam, leben 800 Einwohner. Sylt-Urlauber erkunden die Insel auf Tagestouren – am schönsten ist es per Fahrrad.

Der Osten: Zwischen Morsum und Munkmarsch

Dort, wo die Bahn vom Festland zum ersten Mal über Inselboden fährt, ist es fast so ruhig, als habe der Fremdenverkehr noch nicht begonnen. Viele Hügelgräber zeugen von langen Jahrtausenden menschlicher Besiedlung, im Morsum-Kliff kann gar die Urgeschichte unserer Erde besichtigt werden. Hier stehen die ältesten Kirchen von Sylt. Doch in den Dörfern des Inselostens ist die Zeit nicht stehen geblieben: Es wird rege gebaut, auch wenn heute noch die Landwirtschaft dominiert. Und Keitum, einst Hauptort der Insel, ist dabei, Kampen den Rang als mondänster Platz auf Sylt abzulaufen.

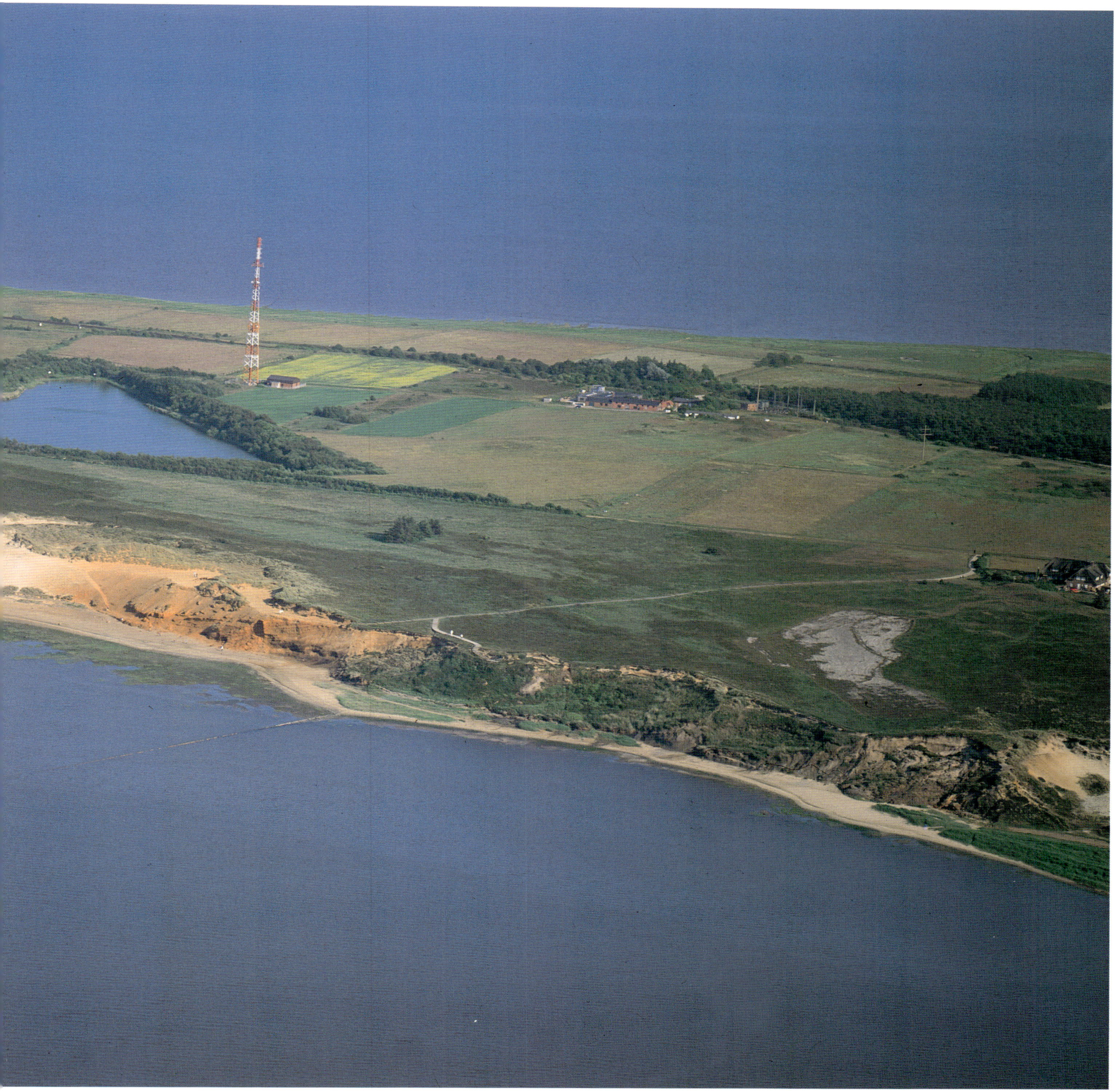

Umgeben vom Watt: Der Osten im Überblick

◄ St. Severin (kleines Foto) – die romanische Kirche von Keitum – wurde im 12. Jahrhundert errichtet. Sie liegt außerhalb des Ortes, weithin sichtbar auf dem höchsten Punkt des Sylter Geestkerns. Der Turm (um 1450) diente auch als Seezeichen.

Das 20 Meter hohe Morsum-Kliff (großes Foto) inmitten einer Heidelandschaft ist ein Mekka für Geologen – hier können sie 10 Millionen Jahre Erdgeschichte studieren. In der Nähe gibt es Hügelgräber der Bronzezeit (1600–500 v. Chr.).

Hier kommt die Bahn auf die Insel

▲ Der 12,5 Kilometer lange Sylter Osten im Überblick. Links liegen Westerland und Tinnum, darüber eine Runway des Flughafens Westerland. Rechts dahinter, am Watt, Keitum. In der Mitte von Sylt-Ost befinden sich Archsum, dahinter Groß- und Kleinmorsum und die östliche Inselspitze, wo die Bahngleise des Hindenburgdamms vom Festland (ganz oben) her kommend Sylter Boden erreichen. Im Vordergrund die große Wasserfläche des Rantumbeckens. Es wurde in den Jahren 1936/37 als militärischer Start- und Landeplatz für die Wasserflugzeuge eines geplanten Seefliegerhorstes abgedeicht, aber nie in vollen Betrieb genommen. Heute ist es ein beliebtes Naturschutzgebiet, in dessen Süden Rantum liegt.

Der Ostzipfel: Nösse und Morsum-Kliff

Nösse, das östliche Ende von Sylt-Ost: Der Hindenburgdamm (oben links), 50 Jahre geplant und zwischen 1923 und 1927 gebaut), trifft auf die Insel. Der dreieckige Teich der Nössekuhle neben dem 90 Meter hohen NDR-Sendemast erinnert daran, dass dem Boden hier Material für den Dammbau entnommen wurde. Der Weg durch die Heide zur Abbruchkante des Morsum-Kliffs führt vorbei am Landhaus Nösse. Er endet am Abstieg hinunter zum nördlichen Watt und oben bei einer Aussichtsterrasse. Das Kliff bietet wie ein Bilderbuch Einblick in Erdschichten, die durch die Kräfte von Gletschern an die Oberfläche gebracht und schräg gestellt wurden. Das Naturschutzgebiet rund um das Morsum-Kliff umfasst 43 Hektar.

Morsum zwischen den Meeren

Morsum, die östlichste Gemeinde der Insel Sylt, liegt weit über das Land verstreut. Die Bahnlinie vom Festland berührt die Ortsteile Großmorsum mit dem Bahnhof (Mitte), Schellinghörn (vorn rechts) und Kleinmorsum (links der gelben Rapsfelder, dahinter das Gelände des Golfclubs Morsum auf Sylt). Weiter ab liegen die Häuser von Osterende (rechts oben) und Wall (nicht im Bild). Morsum hat 1100 Einwohner und war noch vor dreißig Jahren weit gehend landwirtschaftlich geprägt. Der Luftkurort ist aber längst auch vom Bauboom erfasst – der beschert der Gemeinde in großem Stil moderne Ferienhäuser und Hotels (der traditionellen Bauweise der Insel angepasst) mit inzwischen mehr als 1300 Gästebetten.

Archsum: Ländliche Idylle unterm Reetdach

Schon in der Steinzeit wurde hier gesiedelt, obwohl das Land um Archsum stark sturmflutgefährdet war. Seit 1937 aber schützt der Nösse-Deich (nicht im Bild) die Südküste des Sylter Ostens – seither behalten die 300 Einwohner von Archsum auch bei Hochwasser trockene Füße. Archsum liegt mit Morsum immer noch sehr abgelegen – das bietet Kennern Ruhe und Erholung, obwohl auch hier seit zwei Jahrzehnten heftig gebaut wird. Der friesische »Landhausstil« mit Ferienhäusern und -wohnungen unter spitzen Giebeln im Reetdach kann nicht darüber hinwegtäuschen, dass sich hier das Ortsbild gewaltig modernisiert hat. Wanderer treffen in der Gegend um den Ort auf Überbleibsel uralter Steingroßgräber.

Der Süden von Morsum und der Ortskern

Ein Blick nach Süden auf das Land, das der Nösse-Deich vor Wasser aus dem südlichen Wattenmeer schützt: links oben die Morsumer Ortsteile Osterende und Wall, links unten Schellinghörn (oberes Bild). Großmorsum, das Zentrum der Gemeinde: Die Kirche von Morsum (unteres Bild, links) ist die älteste erhalten gebliebene der Insel. St. Martin, der weiße romanische Bau, wurde vermutlich 1125–1160 erbaut. Daneben die Schule. H-förmig unter rotem Dach: das Haus des Kurgastes.

Keitum: Altes Friesendorf im noblen Outfit

Lange Zeit war Keitum (oben) so etwas wie der Hauptort der Insel; heute gibt es sich gern mit dem Ruf zufrieden, das schönste und mondänste Dorf auf Sylt zu sein. Am Wattenmeer beim Grünen Kliff gelegen, verbindet es Tradition und Erholung, Kultur und Shopping, Historie und Gegenwart. Seit 1969 Ausflugsziel nicht nur für Gäste der näheren Umgebung: das beheizte Meerwasserbad (noch abgedeckt, unten), in dem es sich auch bei kühlen Außentemperaturen gut schwimmen lässt.

Tradition und Moderne unter alten Bäumen

Wie kein anderes Dorf der Insel strahlt Keitum noch viel vom Wohlstand der großen Seefahrerzeit aus, als sich hier die Sylter Walfangkapitäne ihre großen Friesenhäuser für den Winter und den Ruhestand bauen ließen. Das war zwischen 1650 und 1830, und Keitum wuchs in dieser Zeit zum bedeutendsten Ort der Insel heran. Heute haben sich viele Boutiquen bekannter Marken in den Häusern breit gemacht. Aber der 1907 gegründete Heimatverein Söl'ring Foriining bewahrt Kulturgut im Altfriesischen Haus und im Sylter Heimatmuseum am Kliff (rechts unten). Aus längst vergangenen Zeiten stammt der Grabhügel Tipkenhoog (links unten), von dem aus man weit übers Watt bis zur Nordspitze der Insel sehen kann.

Keitum: Traumhäuser im alten Ortskern

Verwinkelte Gassen, einige autofreie Straßen, dichte Rosen- und Fliederhecken, alte Bäume: Wer im alten Kern von Keitum lebt, kann sich wie im Paradies fühlen. Für die 200 bis 250 Jahre alten Friesenhäuser werden längst Traumpreise von mehreren Millionen Mark verlangt – und bezahlt. Ihnen verdankt Keitum das Flair des historisch gewachsenen Ortes, der bis 1890, dem Beginn des Aufstiegs von Westerland, der größte der Insel war. Heute bietet auch Keitum (1000 Einwohner, 2000 Gästebetten) alles, was der verwöhnte Kurgast braucht. Nach oben rechts läuft die Straße von Keitum über Tinnum nach Westerland; dazwischen seit 1993 das Sportzentrum Sylt-Ost. Die Straße ganz rechts führt zur Kirche St. Severin.

Erholungsheime und Eigenheime

In Keitum gibt es auch Erholung für Menschen mit schmaleren Portemonnaies: Im charmanten Zentrum des »Grünen Herzens der Insel« liegen die großen roten Backsteinbauten der Mutter-und-Kind-Kureinrichtung der Arbeiterwohlfahrt (oben). Von den gewundenen Gassen des alten Ortskerns heben sich die geraden Straßen im Südwesten Keitums (unten) mit Eigenheimen unter Reet deutlich ab. Nördlich der großen freien Rasenfläche gelegen: das Hotel Benen-Diken-Hof.

Munkmarsch und Braderup: Hafen, Kiesgrube, Golfplätze

Die Übersicht aus 2500 Meter Flughöhe zeigt Munkmarsch mit seinem Sportboothafen und dem neu erbauten Hotel (an der kleinen Landzunge links oben), rechts daneben die Kasernengebäude am nördlichen Rand des Flughafens von Westerland. Darunter die Kiesgruben zwischen Munkmarsch (das verwaltungstechnisch zu Keitum gehört) und Braderup (Bildmitte; es ist ein Ortsteil von Wenningstedt). Zwei Golfplätze belegen hier große Areale: der 9-Loch-Platz des Marine-Golfclubs Westerland (oben) und der 18-Loch-Platz des Golf-Clubs Sylt (unten rechts). Nördlich von Braderup die 1979 unter Naturschutz gestellte Braderuper Heide, Heimat der »Onnerersken« (Unterirdischen), der sagenhaften Sylter Zwerge.

Die Flugplatz-Kasernen und Braderup

Die Kasernen auf dem Fliegerhorst Westerland (oben): Die hier stationierten Flieger (1942: 800 Mann) waren als Aufklärer und Minensucher, aber auch bei Angriffen gegen England eingesetzt. Heute bildet die Bundeswehr hier nur noch Techniker aus. Braderup (unten) gehört zu Wenningstedt. Hier leben 300 Menschen in alten Friesenhäusern und Neubauten. Sylt-Urlauber kommen nach Braderup vor allem wegen des Weißen Kliffs, der 15 Meter hohen Kaolinsand-Klippe am Strand.

Munkmarsch: Boote, Flugzeuge und Urtiere

Munkmarsch, die Marsch der Mönche, heißt nach Klosterbrüdern aus Odense (Dänemark). Das kleinste Dorf Sylts (100 Einwohner) liegt östlich des Flughafens; sein Hafen ist Standort des Sylter Segler-Clubs (oben). In der Kiesgrube auf der Keitumer Heide (unten) wird nicht nur Baustoff gewonnen. Dort haben Geologen Versteinerungen aus dem Erdaltertum (vor 225 bis 570 Millionen Jahren) gefunden: Trilobiten, 3 bis 5 Zentimeter große Urkrebse. Direkt am Watt: die Kläranlage.

Das Fährhaus: Einst erste Station für Touristen

Der Hafen von Munkmarsch war einst der wichtigste Hafen der Insel. Von hier wurde das Mehl der 1744 gebauten Mühle aufs Festland verschifft, hier legten Postboote an. Und als der Keitumer Hafen versandete, baute ein geschäftstüchtiger Kapitän in Munkmarsch eine Mole und ein Fährhaus. Seit 1859 wurden Passagiere vom Festland nach Munkmarsch befördert; ab 1888 fuhr die erste Inselbahn die 4,2 Kilometer nach Westerland – bis zum Bau des Hindenburgdamms. Das Fährhaus Munkmarsch, ein Bau von 1880, war Gaststätte und Hotel mit Passagier-Wartesaal. Es wurde 1980 aufgegeben, später aber aufwendig restauriert und ist seit Mitte 1997 zusammen mit dem benachbarten Neubau (rechts) wieder Hotel.

Der Süden: Rantum und Hörnum

Gleich hinter dem städtischen Trubel von Westerland beginnt
das Sylt, das viele suchen: Endlose Strände und einsame Nischen
am Dünenrand lassen auch genug Platz für die Urlauber
der großen Campingplätze und vielen Erholungsheime im Süden.
Naturfreunde schätzen das Vogelparadies des Rantumer Beckens,
Radfahrer und Inlineskater den langen Weg nach Hörnum.
Wer's exotisch mag, zieht nach Samoa und Sansibar.
Der Strand hier ist arg gefährdet: Wird nicht Jahr für Jahr
neuer Sand aufgespült, reicht eine einzige schwere Sturmflut,
um die Insel noch schmaler zu machen, als sie hier eh schon ist.

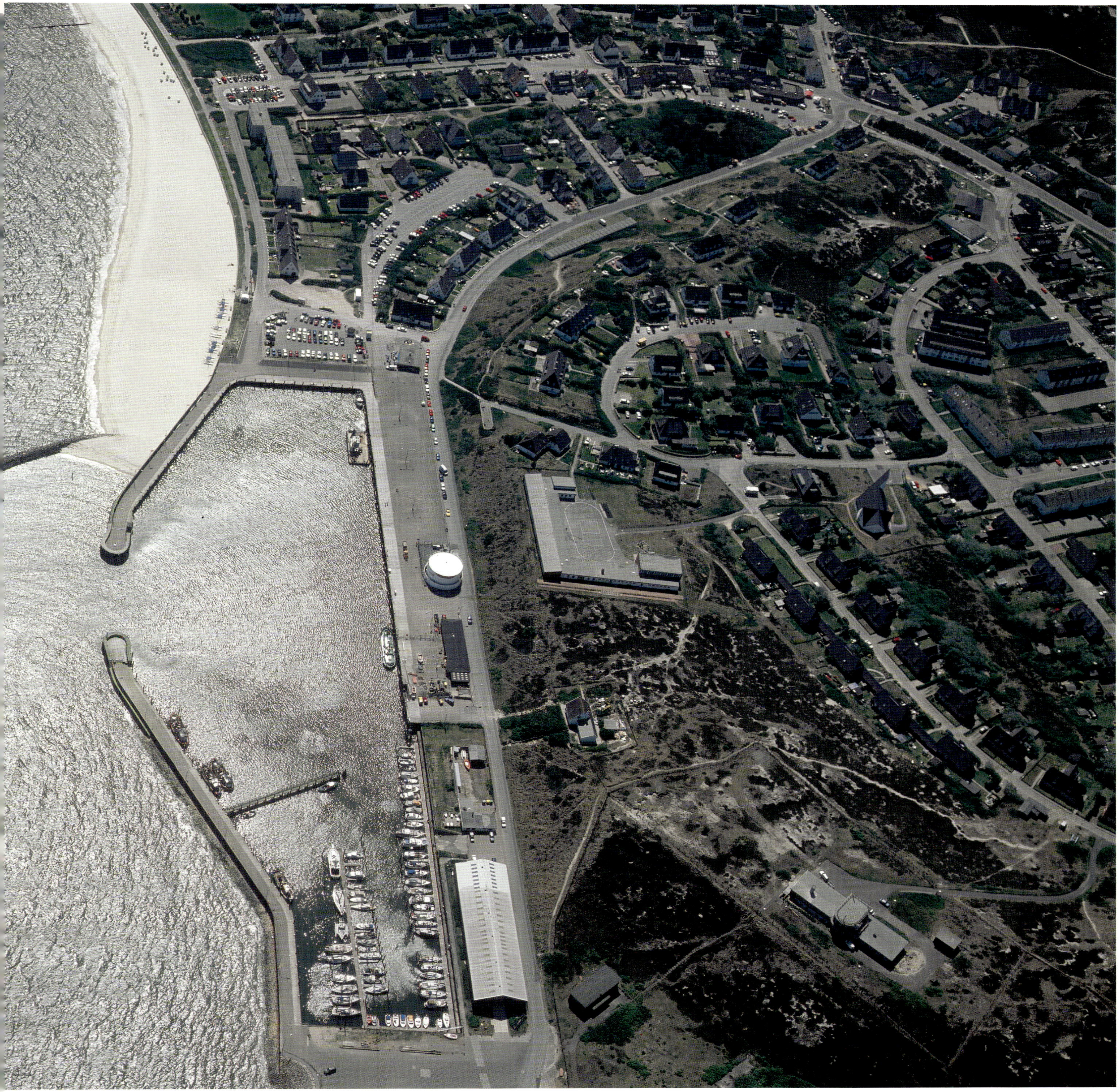

Ein Streifen Sylt von Rantum bis Hörnum

◄ Hörnum-Odde, die äußerste Südspitze von Sylt (kleines Foto): Die breiten Sandstrände mit ihrem Dünenkern sind heute Naturschutzgebiet. Hier nagt das Meer am deutlichsten sichtbar an der Insel und holt sich Jahr für Jahr viele tausend Quadratmeter Dünensand. Hörnums Hafen (großes Foto) wurde 1935 angelegt; einen Anleger mit Inselbahnanschluss gabs seit 1901 – gebaut für die Urlauber aus Hamburg. Der Hafen ist tideunabhängig und Sylts größter Sportboothafen.

Zwölf Kilometer weißer Sandstrand

▲ Strand ohne Ende, mit wenigen geselligen und vielen sehr einsamen Abschnitten – das ist der Süden von Sylt. Ein schmaler Streifen Land, an der schmalsten Stelle sind es gerade mal 500 Meter vom Meer bis zum Watt. Südlich von Rantum tummeln sich Sylt-Liebhaber, die es lieber etwas ruhiger haben wollen. Zwar gibt es hier auch Top-Treffpunkte wie die »Sansibar«, aber zwischen den gastronomisch aufgewerteten Dünenübergängen gibt es jede Menge stiller Plätzchen, an denen man Sylt noch pur genießen kann. Hörnum (unten rechts) mit seinem Hafen kann mit einigem Trubel aufwarten: Hier urlauben viele Jugendgruppen, hier liegen Krabbenkutter und starten Bäderschiffe zu Ausflugsfahrten auf die benachbarten Inseln.

Rantumbecken: Einst Wasserflugplatz ...

Zwischen dem Süden von Westerland (oberes Bild, links) und Rantum (unteres Bild, links) verläuft die Straße (erst 1948 gebaut, damals einspurig) nach Hörnum zwischen Naturschutzgebieten. Zur Meerseite stehen die Dünen südlich des Jugend- und früheren Arbeits- und Militärlagers Dikjendeel (oberes Bild, Mitte) unter Naturschutz und dürfen nur auf festen Wegen durchquert werden. Gegenüber liegt die Vogelkoje Eidum (heute naturkundliches Informationszentrum); dahinter die Kläranlage. Zum Watt erstreckt sich das 1936/37 angelegte Rantumbecken. 5,2 Kilometer Außendeich machten 560 Hektar Wattenmeer tideunabhängig – als Start- und Landeplatz für Wasserflugzeuge der Luftwaffe, der aber nie vollständig fertig wurde.

... heute ein ruhiges Naturschutzgebiet

Im Süden des Rantumbeckens haben Camper große Areale belegt (oberes Bild, links). Sie freuen sich an der ruhigen Nachbarschaft eines der artenreichsten und größten Vogelschutzgebiete in Deutschland, denn seit 1962 steht das Rantumbecken unter Naturschutz. Die Planungen für den Seefliegerhorst ließen noch vor dem Zweiten Weltkrieg Kasernen und Flugzeughallen am Südende des Wasserflugplatzes entstehen (unteres Bild). Heute werden sie als Erholungsheime und für Gewerbe genutzt. Der runde Pavillon gehört zur Sylter Quelle: Seit 1993 wird Mineralwasser aus 170 Meter Tiefe gepumpt und abgefüllt. 750 Meter tief wurde sogar eine Solequelle angebohrt. Am Hafen werden die Sylter Strandkörbe produziert.

Lang gestreckt zwischen Meer und Watt: Rantum

Zu beiden Seiten der Straße nach Hörnum liegt dort, wo der schmale südliche Inselteil beginnt, das alte Strandräuberdorf Rantum, das 1440 erstmals in einer Urkunde erwähnt wurde. Zwei Kilometer streckt sich sein Siedlungsgebiet. Der Ort wurde im 19. Jahrhundert vom Dünensand und von Sturmfluten fast von der Landkarte getilgt. Heute hat Rantum statt fünf ärmlicher Hütten wieder Häuser, in denen 500 Einwohner und 2500 Gästebetten Platz finden. Durch sie wird aber ein gutes Stück der Dünenlandschaft zersiedelt. Traditionelle Reetdächer sollen den Anschein von Naturverbundenheit wahren. Direkt am Strand: der umstrittene Hotelbau Söl'ring Hof. Auf der Wattseite wird Rantum erst seit 1989 durch einen Deich geschützt.

Salzwiesen, Ferienhäuser und Rantum-Inge

Die Salzwiesen auf der Wattseite von Rantum werden noch vom Meerwasser erreicht, die Häuser von Rantum dagegen liegen hinter dem Hochwasserschutzdeich. Rechts oben am Watt: die Häuser von Rantum-Inge. Eigentlich heißt »Inge« schlicht und einfach Salzwiese; hier aber spricht die Sylter Sage von einer Jungfer, in die sich der polterige Meergeist Ekke Nekkepen höchst unglücklich verliebt haben soll – er rächte sich für ihre abweisende Haltung mit häufiger Überflutung.

Mondlandschaften und Strandgastronomie

Südlich von Rantum beginnt eine lang gestreckte, schmale Mondlandschaft. Von der Straße nach Hörnum und den Parkplätzen führen befestigte Wege über die Dünen zum Weststrand. An einigen dieser Überwege haben sich Restaurants niedergelassen, in denen sich hungrige und durstige Sonnenanbeter stärken können. Im oberen Bild beim Parkplatz das »Tadjem Deel«; im unteren Bild das »Seepferdchen Samoa«, zu dem auch eine Strandsauna direkt am FKK-Strand gehört.

In zehn Minuten quer über die Insel

Beim »Samoa« (links) liegt eine der schmalsten Stellen der Insel: Knappe zehn Minuten braucht man zu Fuß vom Weststrand bis zum Watt. Dabei überquert man die Autostraße von Rantum nach Hörnum und die befestigte Trasse der ehemaligen Inselbahn. Sie diente noch bis 1970 dem Personenverkehr, in Vorkriegs- und Kriegszeiten aber auch militärischen Transporten, mit denen die Kasernen und die vielen Geschützstellungen entlang des Weststrandes versorgt wurden. Heute ist sie ein beliebter und viel genutzter Wanderweg für ausdauernde Fußgänger, Radfahrer und neuerdings Inlineskater in den Süden der Insel. Rechts im Bild der Strandabschnitt »Sansibar« – auch hier können FKK-Anhänger nahtlos braun werden.

Das höchste Bauwerk der Insel: Ein Funkmast

1962 wurde er errichtet: der 193 Meter hohe rot-weiße Funkmast LORAN (Long Range Aid to Navigation). Er war Teil eines Militär-Navigationssystems der US Coast Guard. Moderne Satelliten machten ihn überflüssig; 1989 übernahm ihn die Wasser- und Schifffahrtsdirektion. Südlich davon Puan Klent (unteres Bild, rechts). Im Ersten Weltkrieg als Militärlager erbaut, wurde es 1919 vom Hamburgischen Jugendverband gekauft, im Zweiten Weltkrieg aber nochmals militärisch genutzt.

Sansibar: Weinkeller in der Tiefe der Düne

Der Parkplatz liegt direkt an der Straße, und der kurze Fußmarsch ist obligatorisch für alle, die im Restaurant »Sansibar« essen, trinken und vielleicht einen wunderschönen Sonnenuntergang erleben wollen. Das Holzhaus am Dünenrand gilt seit vielen Jahren als der abgelegene In-Treff genussfreudiger Urlauber. Legendär ist hier die riesige Weinauswahl; viele tausend Flaschen lagern kühl in einem Keller, der in die Dünen hineingegraben wurde. An der Dünenkante sind die Strandbefestigungen zu erkennen, die verhindern sollen, dass das Meer bei Sturmflut nicht nur den Sandstrand, sondern auch die Dünensubstanz anknabbert. Die Urlauber im Sommer ficht's nicht an; im Winter bekämen sie in ihren Strandkörben nasse Füße.

Für Hamburger ein Begriff: Puan Klent

Puan Klent ist vielen Menschen in Hamburg in guter Erinnerung: In dem Hamburger Jugenderholungsheim (oberes Bild) verbrachten sie mit Schulklassen und Sportvereinen einige unbeschwerte Ferienwochen. Nur wenig südlich davon: das Möskental (unteres Bild, links) und die Neue Wasserkuhle (rechts). Noch deutlich zu erkennen: eine befestigte Straße, die einst wohl auch militärischen Zwecken dienen sollte. Direkt am Strand: die dicke braune Rohrleitung für die Sandvorspülungen.

Frischer Sand für Hörnums Strand

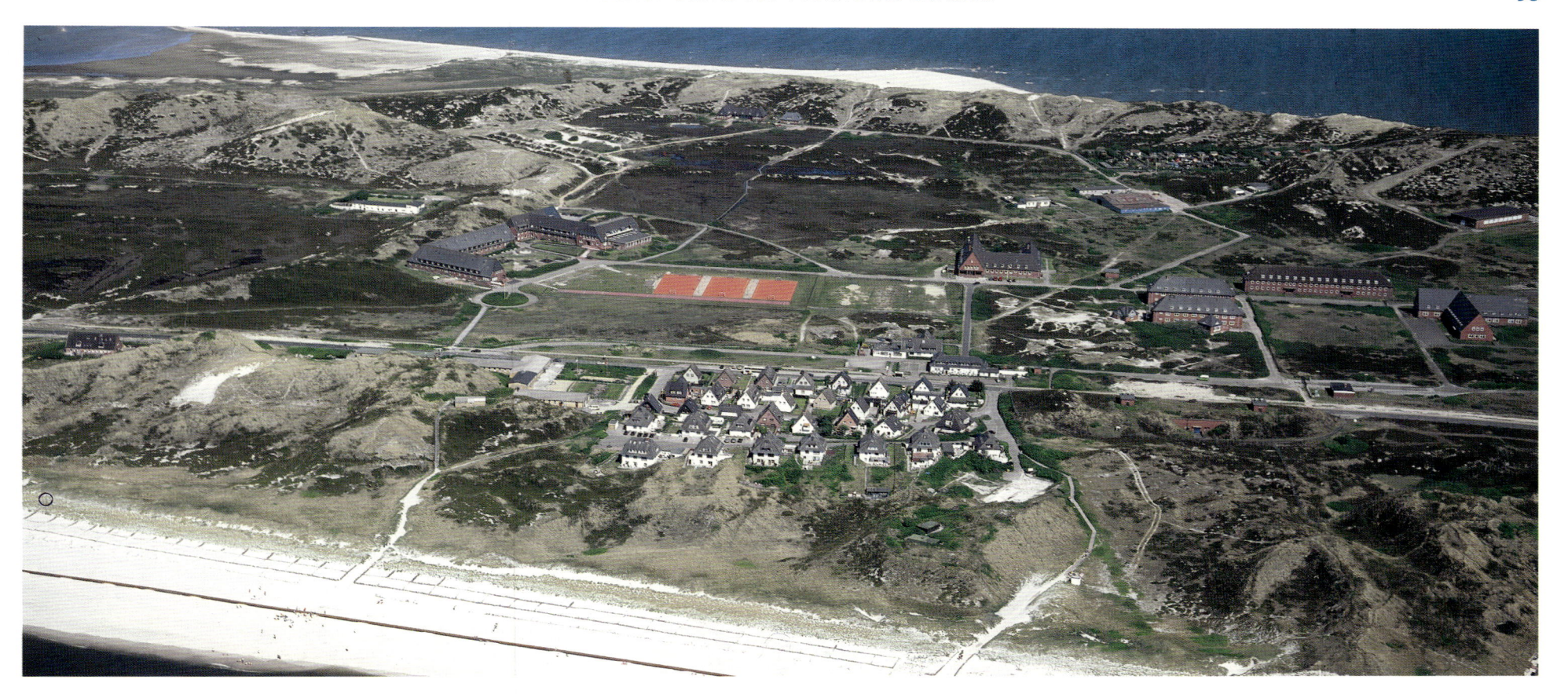

Seit 1972 wird jedes Frühjahr der Sandstrand wieder aufgespült, den die Sturmfluten des Winterhalbjahres weggerissen haben. Dafür wird frischer Sand weit draußen im Meer angesaugt und gemischt mit Wasser über eine Rohrleitung zu verschiedenen Strandabschnitten geleitet. Das untere Bild zeigt das Lager dieser Röhren (rechts) und den Hörnumer Campingplatz (links). Die alten Kasernen dahinter stehen leer oder werden als Jugenderholungsheime neu genutzt. So geht es auch den Militärbauten auf dem oberen Bild. Hinter der Siedlung Hörnum-Nord liegen (von links): Fünf-Städte-Heim, Jugendaufbauwerk für berufliche Bildung und die Jugendherberge. In der Mitte hinten: das Jugendheim Mövennest.

Hörnum: Südlichste Gemeinde der Insel

Überblick aus 2500 Meter Höhe: Die südliche Inselgemeinde Hörnum wird vom hartnäckig vorrückenden Meer bedroht. Jedes Jahr fressen Sturmfluten einige Meter Strand und Dünen, vor allem wenn bei den Sandvorspülungen gespart wurde. Die Hörnumer sehen das mit Sorge. Aber noch hat das Meer kein Haus einstürzen lassen; auch die Reetdachsiedlung auf den Dünen (rechts) steht noch. Links ist der Hafen zu sehen, der eine 1901 von der HAPAG gebaute Anlegebrücke für Dampferfahrten von Hamburg ablöste. Ab 1935 baute ihn das Militär zu einem großen Seefliegerhorst aus, der aber nur in den ersten Kriegsjahren wichtig war und von dem noch viele Gebäude stehen. Nördlich vom Hörnumer Hafen: die Kläranlage.

Zwischen den Meeren auf Sand gebaut

Hörnum, das Anfang des Jahrhunderts noch aus einer Hand voll kleiner Häuser bestand, wuchs mit seiner Funktion als Brückenkopf und Inselbahn-Endpunkt, und noch mehr mit der Landschaft zerstörenden Bautätigkeit des Militärs zwischen 1935 und 1939, von der sich der Ort bis heute nur langsam erholt. Außer Kasernen entstanden aus rotem Klinker auch viele Wohnhäuser für Militärangehörige. Der rot-weiße Leuchtturm stammt aus dem Jahr 1906. In ihm war bis 1933 auch die Zwergschule für die Hörnumer Kinder untergebracht (1930 waren es gerade mal zwei). Hörnum wird von den Syltern im Zentrum der Insel gern mit San Francisco verglichen, die dann trocken feststellen: »Nach San Francisco kommt man öfter.«

Siedlung in den Dünen: Das neue Hörnum

Zwischen Rantumer Straße und dem Weststrand entstand seit den 60er-Jahren ein neuer Ortsteil von Hörnum: Kleine Häuser unterm Reetdach ducken sich in die Dünentäler oder gucken kess aufs Meer hinaus. Viele von ihnen sind Ferienhäuser, die der Urlauber gern mieten darf (Hörnum stellt heute insgesamt mehr als 3500 Gästebetten bereit). Zwischen Strandweg und Kurhausstraße steht das vieleckige Kurhaus mit Hallenbad. Doch das exklusive Wohngebiet täuscht – in Hörnum darf man das Klischee vom Sylter Nobelurlauber nämlich getrost vergessen. Hier sind lockere Familienferien angesagt, und Strand ist auch genug für jeden da – sofern er nach den Sturmfluten des letzten Winters wieder aufgespült wurde.

Hörnum-Odde: Strand auf Abruf

Wenn hier die Stürme so richtig wüten (wie »Anatol« und »Kerstin« im Winter 1999/2000), fehlen am Morgen danach bestimmt ein paar Hektar Land. An der Südspitze Sylts kann man den Landschwund studieren: Dieses Foto entstand im März 2000, das auf Seite 94 im Mai 1999. Tetrapoden-Wälle (Mauern aus sechs Tonnen schweren Beton-Vierfüßen) wurden 1968 dort verlegt, wo heute der Strand einen Knick macht (links). Doch direkt südlich davon setzte sich der Strandverlust massiver fort als je zuvor. Das Hörnumer Unterfeuer, 1940 gebaut (damals 180 Meter landeinwärts der Abbruchkante), stürzte 1979 ins Meer. Seither gingen jedes Jahr weitere 15 Meter Land verloren. Sandvorspülungen sollen die jetzige Strandlinie sichern.

Föhr, Amrum, Pellworm, Halligen und Helgoland

Meer, wo einst Festland war: Die Nordfriesischen Inseln sind die Reste einer Landschaft, deren Aussehen immer nur ein Kompromiss zwischen den Plänen der Menschen und den Naturgewalten der Nordsee war. Gewaltige Sandbänke im Watt lassen das erahnen, und wer die Halligen kennt, möchte nicht dabei sein, wenn es dort »Land unter« heißt. Heute steht das Wattenmeer als Nationalpark unter strengem Naturschutz. 70 Kilometer vor der Küste ragt Helgoland als roter Sandsteinfelsen aus dem Meer auf. Wer seinen Sommerurlaub auf Sylt verbringt, findet auf Inseln und Halligen willkommene Ausflugsziele.

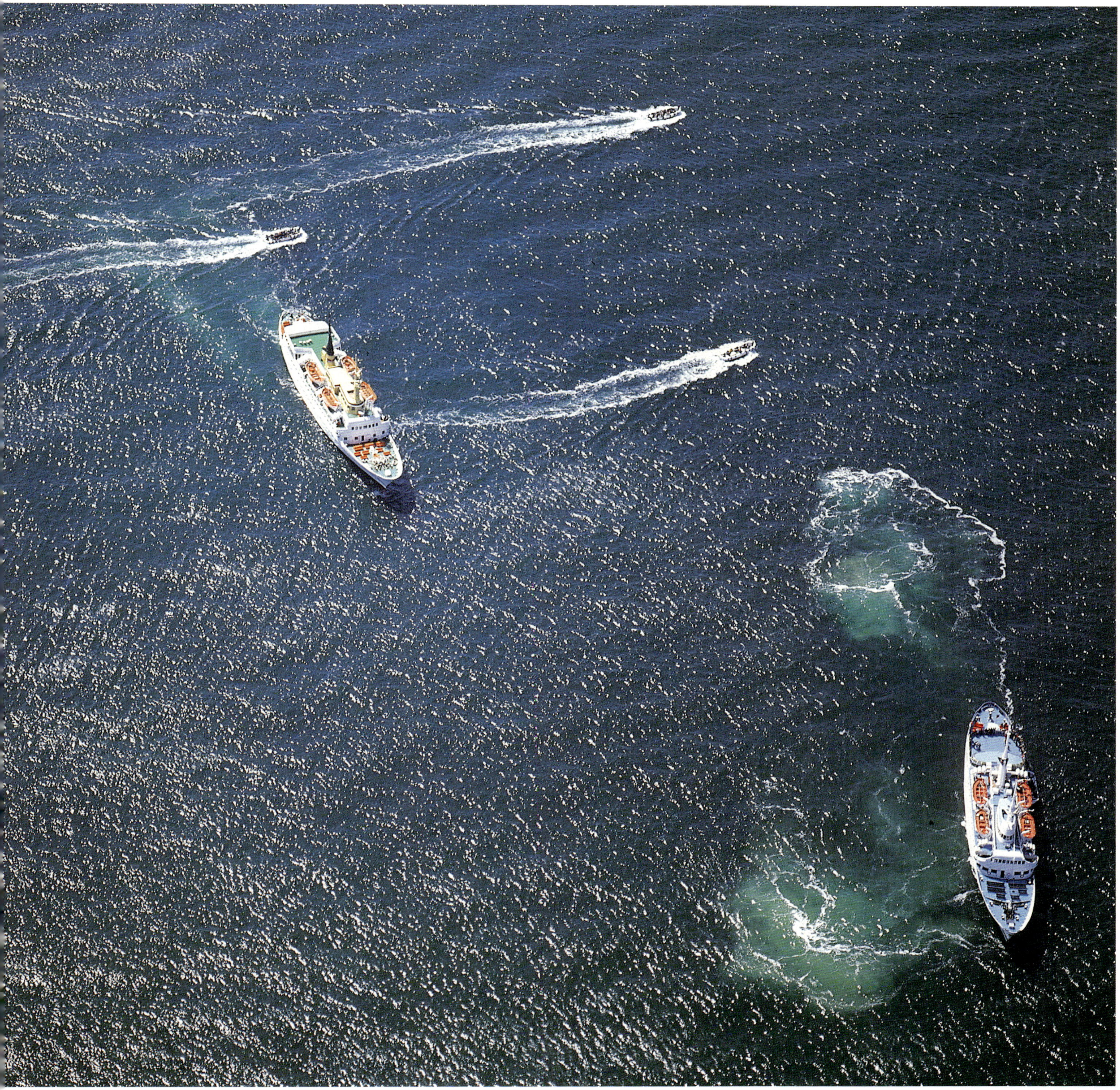

Touristenattraktionen in der Nordsee

◀ Der Holzfrachter »Pallas« war im Herbst 1998 brennend vor der Insel Amrum gestrandet. Auslaufendes Öl verursachte dabei große Umweltschäden. Bis das Wrack (kleines Foto) im Sand versunken ist, bleibt es Sehziel für Ausflugsboote.

Der kleine Nervenkitzel beim Helgoland-Trip: Wer mit einem Bäderschiff zur deutschen Hochseeinsel fährt, muss auf der Reede vor Helgoland in die kleinen, offenen Börteboote umsteigen, die ihn zur Anlegestelle im Hafen bringen (großes Foto).

▲ Die drei nordfriesischen Inseln Amrum (links), Föhr (rechts) und Sylt (oben) mit den sie umgebenden Wattflächen lassen noch erahnen, dass es hier bis vor 650 Jahren eine zusammenhängende Landfläche gab. Sie wurde durch mehrere

Drei Inseln im Nationalpark Wattenmeer

gewaltige Sturmfluten zerschlagen; niedrig liegende Flächen und die Dörfer darauf sind versunken. Auch die heutigen Grenzen zwischen Wasser und Land sind nur Waffenstillstandslinien – vorübergehende Kompromisse, die der Mensch dauerhaft zu halten versucht. Inzwischen ist aber auch erkannt worden, wie wertvoll der Lebensraum des Wattenmeers ist: 1985 wurde der Nationalpark Schleswig-Holsteinisches Wattenmeer eingerichtet; nach einer Erweiterung im Jahr 1999 stehen inzwischen 4410 Quadratkilometer unter strengem Naturschutz. Er ist der größte in Mitteleuropa und erhält diese einzigartige Naturlandschaft. Von der Nordspitze Amrums führt ein Weg durchs Watt nach Föhr, der bei Ebbe mit Führern begehbar ist.

Utersum und der Südwesten von Föhr

Gute acht Kilometer Luftlinie sind es von Hörnum im Süden von Sylt bis zum Strand bei Utersum auf Föhr. Das Ausflugsschiff, das Amrum umrunden muss, um nach Wyk zu gelangen, fährt etwa zweieinhalb Stunden durchs Wattenmeer. Die Strände und Seebäder auf Föhr liegen alle im südlichen Teil der 83 Quadratkilometer großen Insel; hier wohnen auch die meisten der etwa 8000 Einwohner. Im Luftbild erkennt man, dass auf Föhr noch intensiv Landwirtschaft betrieben wird. Utersum ist der kleinste und gemütlichste Badeort der Insel (knapp 500 Einwohner). Rings um den Ort findet man bis zu 6000 Jahre alte Steingräber. Dicht am Südweststrand steht das große rote Backstein-Ensemble der Reha-Klinik der BfA (190 Betten).

Wyk und der Südosten

15 Kilometer Sandstrand verbinden Utersum im Westen mit Wyk im Osten von Föhr. Die Inselhauptstadt mit dem kleinen Fährhafen zählt 4600 Einwohner und hat davon profitiert, dass schon 1819 mit dem Badetourismus begonnen wurde – damals mit 60 Gästen. Wyk war im 19. Jahrhundert Badeort des Dänenkönigs Christian VIII. Heute kommen jährlich mehr als 180 000 Gäste auf die »Grüne Insel«. Wyk bietet ihnen eine lange Strandpromenade mit Kurbetrieb, saubere Strände, alte Kirchen und das Friesenmuseum. Ausflüge von hier führen per Bus, Auto oder Fahrrad über den Ring der alten Friesendörfer, zu den Vogelkojen oder vom Hafen auf die Nachbarinseln und zu den Halligen im Wattenmeer.

Wyk und Nieblum

Im Stadtbild von Wyk fällt zuerst das viele Grün ins Auge (oberes Bild). Von Süden her entdeckt man auch Bausünden, etwa den halbrunden Ferienwohnungsbau am Südstrand. Die Schneise der Badestraße (rechts) verbindet den Südstrand mit dem Zentrum am Hafen. Beschaulicher geht es in Nieblum (unteres Bild) zu, dem Bilderbuchdorf der Insel mit vielen alten Friesenhäusern zu Geld gekommener Wyker Kapitäne. Bewacht wird es von der Kirche St. Johannis aus dem 13. Jahrhundert.

Amrum: Ein Strand mit Insel

Da wird man in List und Hörnum auf Sylt schon mal neidisch: Wer den Kniepsand (15 Kilometer lang und bis zu 1,5 Kilometer breit) im Westen und Süden von Amrum von oben sieht, weiß auch, warum. Die Sandvorspülungen besorgt hier das Meer selbst und kostenlos – so kommen zu den 20 Quadratkilometern Insel inzwischen 10 Quadratkilometer feinster Sandstrand. Amrum liegt südlich von Sylt und Föhr; die Fähre von Dagebüll legt im Süden (rechts) im Hafen von Wittdün an. Mit 200 Hektar Wald (dunkelgrün) ist Amrum die waldreichste nordfriesische Insel. Man hat hier die Ruhe bewahrt: Autos fahren nur eingeschränkt; und die Insel-Unterhaltung ist weder laut noch schrill. Hier dürfen Familien gern Urlaub machen.

Dünen-Camping und Friesendorf-Charme

Urlaub in den eigenen vier Wänden: Gleich am Ortsausgang von Wittdün liegt dieser Campingplatz (oben) in den Dünen. Über einen Bohlenweg gehts zum Kniepsand. Amrum-Fans schwören auf Nebel (unten) als idealen Ferienort. Der Hauptort der Insel bei der St.-Clemens-Kirche (13. Jahrhundert, mit schönen Seefahrer-Grabsteinen auf dem Friedhof) hat seinen idyllischen Charakter bewahrt und präsentiert mit alten Häusern, der Mühle und dem Heimatmuseum auch noch friesische Kultur.

Wittdün: Der befestigte Südzipfel

Hier kommen pro Jahr 150 000 Urlauber an und alles, was man auf der Insel sonst noch braucht. Mit dem Schiff, denn anders geht es nicht. Wittdün, der Hafenstandort Amrums, verbreitet auf Grund vieler moderner Betonbauten nicht eben eine heimelige Atmosphäre – es wirkt, verglichen mit den anderen vier Orten der Insel, schon fast städtisch. Das Seebad Wittdün wurde 1889 geradezu hektisch gegründet, um vom Touristenboom profitieren zu können. Man wollte den Anschluss an die Nachbarinseln finden. Heute ist Wittdün (750 Einwohner) ein Kurort mit einem Meerwasser-Hallenbad und vielen Geschäften. Von der hoch gelegenen Promenade aus kann man schöne Aussichten weit auf die Nordsee hinaus genießen.

Hier wird gebadet: Norddorf

Das Meerwasser-Schwimmbad, der Strand und das einzige Inselkino sind unbestritten die größten Attraktionen von Norddorf. Die 600 Einwohner des Ortes haben sich vollständig darauf eingestellt, ihr Geld mit dem Fremdenverkehr zu verdienen: Überall gibt es kleine und größere Pensionen, Gaststätten und Souvenirläden – aber nirgendwo hat man in Norddorf das Gefühl, in einem lärmigen Ferienort gelandet zu sein. Hier geht alles seinen ruhigen Gang, man wandert um die Nordspitze, über Bohlenwege durch die naturgeschützte Mondlandschaft der Dünen oder bei Ebbe nach Föhr hinüber durchs Watt oder legt sich einfach an den Strand. Nichts für Nightlife-Experten, aber die fahren sowieso lieber nach Sylt.

Das Watt bei Norddorf

Wo bei Flut das Wasser steht, kommt bei Ebbe eine vielfältig geformte Landschaft ans Licht. Silbrig schimmert der Schlickboden des Watts östlich von Norddorf, durchzogen von den Prielen, die das ablaufende Wasser als Rückzugswege benutzt.

Unbegleitete Wanderungen weit ins Watt hinaus sind lebensgefährlich – immer mal wieder unterschätzen Landratten, wie schnell das Wasser bei Flut zurückkommt und dabei die Wege an den Strand versperrt. Wer sich auf das Abenteuer der

Wattwanderung mit einem ortskundigen Führer einlässt, hat nichts zu befürchten und erfährt eine Menge über all die Lebewesen, die da im Schlamm bestens überleben können, wenn nur der Mensch seine Eingriffe in die Natur deutlich beschränkt.

Pellworm: Eine Insel im Sand

Bei Ebbe und von Südwesten gesehen, wirkt die Insel Pellworm (Mitte) südöstlich Amrums etwas verloren inmitten der großen Sandbänke, die aus dem Wasser auftauchen: rechts der Süderoogsand und darin, sechs Kilometer vor Pellworm gelegen, die Mini-Insel Süderoog (62 Hektar, ein Haus, ein Süßwasserbrunnen) – der Schauplatz von Theodor Storms Novelle »Eine Halligfahrt«. Bis 1977 gab es hier eine internationale Begegnungsstätte; heute ist Süderoog ein Vogelreservat im Nationalpark Wattenmeer, das manchmal mit Wattführern von Pellworm aus besucht wird. Links Norderoogsand, dahinter im Dunst die Hallig Hooge, rechts oben die frühere Insel Nordstrand, vom Festland aus über einen Damm zu erreichen.

Energie aus Wind und Sonne

Tammensiel (oben) ist der Hauptort von Pellworm, das seit 1997 Nordseeheilbad ist. Hier ist das Kurzentrum der Insel, auf der es heute 1270 Einwohner und 2000 Gästebetten gibt. Pellworm liegt in einem 25-Kilometer-Deichring zum Teil unter dem Meeresspiegel, die Häuser wurden meist auf Warften gebaut. Energie gibts aus der Natur: nahe Tammensiel aus einem Solarfeld (unten) in Verbindung mit einem Windpark (nicht im Bild). Sie liefern pro Jahr 1,5 Millionen kWh saubere Energie.

Die Halligen: Leben zwischen den Wassern auf Langeneß

Die Hallig Langeneß ist mit 9,6 Quadratkilometer Fläche die größte unter den kleinen Inseln – aber nur weil sie aus dreien von ihnen per Dammbau zusammengewachsen ist. Heute ist Langeneß durch eine Lorenbahn über schmale Dämme und mit einem Zwischenstopp auf der Hallig Oland mit dem Festland bei Dagebüll verbunden. 16 Warften sichern die Häuser der über 100 Bewohner, wenn es bei Sturmflut »Land unter« heißt, die niedrig gelegenen Wiesen also überspült werden. Im Bild: die Peterswarft (Naturschutzzentrum Wattenmeer) von Norden gesehen. Den Hügel im Osten von Langeneß umgeben Salzwiesen, die an vielen Stellen von Wasserläufen durchzogen werden. Bei der Schleuse (oben) gibt es einen Sportboothafen.

Gröde und Südfall

Gröde (oberes Bild) östlich von Langeneß ist nur 275 Hektar groß und mit knapp 20 Bewohnern der Knutswarft und der Kirchwarft (links, nur ein Haus: Schule, Kirche und Lehrerwohnung) die kleinste Gemeinde der Bundesrepublik. Südfall (unteres Bild) liegt 5 Kilometer westlich von Nordstrand. Das Vogelschutzgebiet (56 Hektar) darf nur im Rahmen genehmigter Führungen (von Nordstrand zu Fuß oder per Kutsche) betreten werden. Ständiger Bewohner ist der Vogelwart.

Helgoland: Felsbrocken mit Düne

Früher waren sie mal eins und noch viel größer, seit 1720 ist Helgoland, 70 Kilometer vom Festland entfernt in der Deutschen Bucht, zweigeteilt in die rot-grüne Sandsteininsel (95 Hektar) mit der »Hummerschere« der Hafenmolen und in die weiß-grüne Düne (70 Hektar) mit Badestränden und dem Flugplatz. Die offenen Börteboote pendeln dazwischen hin und her; sie holen auch die Gäste von den Seebäderschiffen auf der Reede ab. 1650 Menschen leben heute auf der Insel; sie bekommen Besuch von jährlich mehr als einer halben Million Gästen, die hier für einige Stunden staubfreie Luft schnuppern und zollfrei einkaufen: Spirituosen, Zigaretten, Zigarren. Für Urlauber, die länger bleiben wollen, gibt es 2000 Gästebetten.

Lange Anna und Oberland

Der Sandsteinzahn vor der Nordwestecke der 30 Meter hohen Steilküste (oben) heißt Lange Anna; er ist brüchig und soll saniert werden. Von dem quadratischen Beobachtungspunkt aus kann man die Vögel am Lummenfelsen studieren. Auf dem Oberland (unten) wird überwiegend gewohnt; hier stehen auch Leuchtturm, Schule und Kirche. Dahinter im Unterland: Schwimmbad, Kraftwerk, der kleine Nordosthafen und die Kurpromenade zum winzigen Sandstrand im Norden.

Das Unterland

Die Landungsbrücke des Binnenhafens ist Anlegestelle für die Börteboote. Die superschnellen Katamarane, die Hamburg und Cuxhaven mit Helgoland verbinden, müssen weiter draußen im Südhafen festmachen. An prominenter Stelle vorn rechts: der rechte Winkel des Design-Hotels Atoll. Im Neubau dahinter sind Rathaus und Kurverwaltung untergebracht. Geradeaus führt der Lung Wai zum Fahrstuhl und zu den drei Treppen mit 182 bis 260 Stufen ins Oberland – gesäumt von den Supermärkten, die für zollfreien Einkauf werben. Mit Balkon zum Hafen: begehrte Ferienwohnungen. Rechts im lang gestreckten Gebäude: die Biologische Forschungsanstalt mit ihrem Aquarium, in dem die Fauna der Nordsee präsentiert wird.

Badestrand mit Flugplatz

Mindestens 100 Flugstunden muss ein Pilot hinter sich haben, bevor er mit einer kleinen Maschine den Flugplatz auf der Helgoländer Düne ansteuern darf. Die längste Landebahn hier ist nämlich gerade mal 400 Meter lang! Dafür gibt es ein Flugplatzrestaurant, das auch Nichtflieger gern besuchen. Der Sandklecks der Düne ist trotz Flugplatz ein ruhiges Ferienrevier, das vor allem von den Gästen besucht wird, die längere Zeit oder wenigstens ein paar Nächte auf Helgoland bleiben. Sie können hier auch von Mai bis Oktober Unterkunft finden: in einem der 72 neu gebauten Ferienbungalows (rechts) fast direkt am Strand. Daneben gibt es einen Campingplatz mit 100 Stellplätzen. Die Kurtaxe wird in jedem Fall fällig.

Sylt – die Insel der Flieger

Sylts erster Flugplatz: Am Friesenhain östlich von Westerland starteten und landeten ab 1919 Flugzeuge, ab 1920 auch im Linienverkehr. (Aufnahme etwa 1928)

Der erste Mensch, der auf Sylt von oben – aber nicht von einem Segelschiffmast oder Leuchtturm – herunterschauen konnte, muss einer der tollkühnen Männer in ihren fliegenden Kisten gewesen sein, die nach dem ersten motorisierten Grashüpfer das Fliegen mit Motorkraft vorantrieben (die Gebrüder Wright hatten 1903 in Amerika stolze 50 Meter überflogen). Schon vor dem Ersten Weltkrieg gab es in der Nähe des Seebads Westerland erste Flugvorführungen: Zur Unterhaltung der staunenden Feriengäste zogen Flugzeuge und Zeppeline durch die Luft. Da die Fotografie sich ebenfalls rasch entwickelt hatte, sind damals sicher auch die allerersten Luftbilder von Sylt entstanden.

Kein Wunder, dass die Stadtverwaltung von Westerland sich sehr interessiert zeigte, als Herren vom kaiserlichen Militär einen Flugplatz auf Sylt bauen wollten – man erhoffte sich davon eine Attraktion, die mehr Touristen anlocken würde. Es kam aber anders, denn das Militär übernahm die Regie.

1914 wurde in List – wo noch keine befestigte Straße hinführte, nur die Inselbahn – eine Marineflugstation eingerichtet, die »das Auge der Flotte« werden sollte. Im August des Jahres wurden hier die ersten beiden Flugzeuge stationiert. Fliegen hatte damals viele Tücken: Starten und landen konnten die fragilen Fluggeräte im Königshafen nur bis Windstärke vier. Öl und Benzin mussten anfangs in einer Drogerie und einem Kaufhaus in Westerland beschafft werden. Und die eigene Funkstation war erst im Juli 1915 fertig.

Dennoch gab es bei Kriegsende hier 40 Wasserflugzeuge (sie mussten als Kriegsgerät zerstört werden), mit denen Marineflieger übten: fliegen, Bomben werfen, Luftbilder machen, Luftkämpfe überleben. Die Seeflugzeuge waren technisch wenig ausgereift; viele mussten notwassern und dann ihren Notruf per Brieftaube losschicken.

Nach dem Ersten Weltkrieg wurde den Deutschen der zivile Flugbetrieb schon 1919 erlaubt, und in Westerland etablierte sich der kleine Flugplatz Friesenhain (etwas südlich der heutigen Kasernen auf dem Flughafengelände) mit unbefestigten Startbahnen. Bereits 1920 kamen erste betuchte Urlauber mit dem Flugzeug aus Hamburg, Kiel oder Berlin (1937 gerade mal 2157). Auch Post kam durch die Luft auf die Insel.

Doch die Militärstrategen waren bald erneut aktiv: Unter ziviler Tarnung nahmen sie schon 1920 die Seefliegerausbildung wieder auf. 1927 übernahm die »Deutsche Verkehrsflieger Schule« in List die Ausbildung für Küsten- und Fernaufklärung sowie Mehrzweckaufgaben. Die getarnten Fliegerzentren wurden 1935 von den Nationalsozialisten als Luftwaffe in die Wehrmacht integriert. Die »Weltbühne« (Herausgeber Carl von Ossietzky war selbst Ferien-Kampener) beschrieb das illegale Treiben in dem Artikel »Windiges aus der Luftfahrt« – Ossietzky brachte das einen Prozess wegen »Geheimnisverrats« und 1932 eine Gefängnisstrafe von 18 Monaten ein.

1928 hatten flugbegeisterte Sylter und »Verkehrsflieger«-Schüler in List mit dem Segelfliegen begonnen. Sie starteten von den Wanderdünen, in deren Nähe die Flugzeuge per Inselbahn transportiert wurden. Anfang der 30er-Jahre zogen sie um nach Wenningstedt (auf das Gelände des heutigen Campingplatzes), wo von April bis November Lehrgänge für 100 bis 120 Flugschüler aus mehreren Ländern abgehalten wurden. Bis zu 20 Flugzeuge waren hier im Einsatz; sie starteten per Katapult über die Kante des Roten Kliffs. Flieger wie

Seefliegerhorst List: Die Wasserflugzeuge wurden an Land betankt und ausgerüstet und dann mit einem Brückenkran zu Wasser gelassen.

Feodora »Dolly« Schmidt und Ernst Jachtmann stellten hier Segelflug-Weltrekorde auf.

Aber auch in List waren Abenteurer zu Hause: 1932 startete Wolfgang von Gronau, Leiter der »Verkehrsfliegerschule«, mit dem zweimotorigen Flugboot »Dornier Wal« zum 45 000 Kilometer langen Flug um die Welt. Zwei Jahre zuvor war er schon – ohne Erlaubnis – von List nach New York geflogen und sogar im Weißen Haus empfangen worden; er wurde als Held gefeiert. Doch aus Spaß wurde bald Ernst.

Schon 1934 hatte das Deutsche Reich – unter strenger Geheimhaltung – den Flugplatz Westerland übernommen. Getarnt als »Kulturamt Flensburg«, kaufte man Flächen dazu, und im Frühjahr 1939 wurde der Flugplatz in nur sechs Monaten zum Einsatzflughafen der Luftwaffe ausgebaut – mit drei Beton-Runways in den Hauptwindrichtungen. Er war Trainingsflughafen für verschiedene Verbände, die hier Schießübungen abhielten, unter anderem auf die »Seekühe« (dafür gebaute Betonziele) in der Blidselbucht. Hier starteten Flieger zur Aufklärung, zu Angriffen auf Schiffe, auf englische Städte und zur Abwehr alliierter Bomberverbände.

Noch zwei weitere Seefliegerhorste richtete man damals auf Sylt ein: seit 1935 in Hörnum, wo das Militär wie in List den winzigen Ort komplett umbaute – die Hinterlassenschaften sind bis heute unübersehbar. Und in Rantum, wo 1936/37 das Rantumbecken eingedeicht wurde, um als Start- und Landeplatz für Seeflieger zu dienen. Der Kriegsbeginn überholte die gigantischen Bauprojekte: Die Seeflieger wurden bald in besetzte Länder verlegt und die Horste Rantum, Hörnum und auch List nahezu bedeutungslos. Für etliche Millionen Mark in den Sand gesetzt, zogen sie jetzt viele Bombenangriffe auf die Insel. Und noch im Herbst 1944 waren 12 000 Militärpersonen auf der Insel stationiert.

Nach dem Krieg wurden in List, Rantum und Hörnum die technischen Überreste des Flugbetriebs demontiert (Stahlteile der Seehalle in List wurden in der Ostseehalle Kiel wieder verwendet). Doch in Westerland nutzten die Engländer den Flughafen unverändert weiter – er blieb bis 1961 englische »Armament Practise Station« mit Zielübungen auch in der Blidselbucht (seit 1958 übte wieder die Luftwaffe mit). Deutsche Zivilflugzeuge brauchten damals eine Sondergenehmigung der Briten, um hier starten und landen zu dürfen. Nach 1961 kam die Bundeswehr, die den Platz 1972 für ausschließlich zivilen Flugbetrieb freigab.

Zur gleichen Zeit wurde der zivile Flughafen Westerland eröffnet, der heute Zielpunkt von Verbindungen aus vielen deutschen Großstädten ist. EDXW, so sein internationales Fliegerkürzel, liegt 16 Meter über dem Meeresspiegel, nutzt heute zwei Beton-Runways (2113 und 1696 Meter lang). Runway 33 ist sogar mit einem ILS (Instrumenten-Landesystem) ausgestattet. Flugzeuge jeder Größe können hier starten und landen – notfalls auch ein Jumbo-Jet. 8605 Starts gab es 1999, knapp 53 000 Passagiere wurden befördert. Das Gelände haben die Gemeinden von Sylt-Ost 1999 zurückgekauft, an seinem Rand sollen Erholungseinrichtungen, aber auch neue Gewerbeflächen entstehen.

Auch die Segelflieger ziehen längst wieder ihre Kreise über Sylt: Der Aero-Club Sylt hat sich am Ostrand des großen Flughafengeländes niedergelassen – dem Himmel verbunden wie die ganz in der Nähe stehende Keitumer Kirche St. Severin.

Hans-Juergen Fink

Seefliegerhorst List: Er war der erste Militärflugplatz der Insel und neben Westerland im Zweiten Weltkrieg der wichtigste. (Aufnahme vom 27.3.1940)

Reichssegelfliegerschule bei Wenningstedt: Fragile Gleiter wurden über die Kliffkante katapultiert und gingen in den Aufwinden auf Rekordjagd.

Matthias Friedel, Jahrgang 1966, lernte Werbekaufmann, entdeckte dabei eher zufällig, wie sehr der Blick von oben die Menschen fasziniert. Er wechselte 1995 die Profession und sitzt seither fast jede Woche fotografierend im Flugzeug. Seit August 1998 ist Friedel auch selbst als Pilot unterwegs.

Hans-Juergen Fink, Jahrgang 1953, studierte Germanistik, Geschichte, Politikwissenschaft und Pädagogik in Mainz und Marburg/Lahn. Journalist seit 1969. Lebt seit 1979 in Hamburg. Machte hier sein Lehramt-Staatsexamen, wurde aber 1984 Redakteur beim Hamburger Abendblatt und ist dort Ressortleiter des Wochenend-Journals. 1998 schrieb er die Texte für »Unter dem Himmel von Hamburg« (ebenfalls mit Fotos von Matthias Friedel).

Bildnachweis:

Seite 9: *Klaus Bodig*
Seite 25 oben rechts: *Volker Frenzel*
Seite 118 oben links: *Sylter Archiv, Westerland/Sylt*
Seite 118 oben rechts: *Heinz Wöffler, Westerland*
Seite 119 unten links: *Imperial War Museum, London*
Seite 119 oben rechts: *Aus: Frank Deppe/Volker Frenzel »Sylt – Inselgeschichten«. Medien Verlag Schubert, 1998*

Impressum:

Die Deutsche Bibliothek – CIP-Einheitsaufnahme

Fink, Hans-Juergen: Unter dem Himmel von Sylt
Fotos: Matthias Friedel

Hamburg: Hamburger Abendblatt Axel Springer Verlag 2000

Copyright © 2000 Hamburger Abendblatt
Axel Springer Verlag AG
Axel-Springer-Platz 1
D-20350 Hamburg
Telefon 0 40-34 72 22 72, Fax 0 40-34 71 22 72
E-Mail: abendblatt-Buecher@asv.de
Internet: www. abendblatt.de

Lektorat: Gabriele Schönig
Gestaltung und Herstellung: Peter Albers
Satz und Lithographie: Albert Bauer KG
Druck und Bindearbeiten: Druckerei zu Altenburg, Altenburg
Printed in Germany

ISBN 3-921305-85-3

Literatur:

Banck, Claudia: Sylt, Föhr, Amrum (DuMont Reisetaschenbuch). DuMont Buchverlag, Köln 1998
Bremen, Silke von: Mehr wissen über Keitum, ein Friesendorf auf Sylt – Spaziergänge, Infoteil, Chronik. Wachholtz, Neumünster 1996
Carstensen, Peter: Das alte Sylt. Ellert und Richter, Hamburg 1997
Deppe, Frank/Frenzel, Volker: Sylt – Inselgeschichten. Medien-Verlag Schubert, Hamburg 1998
Fiedler, Walter: Helgoland – Inselführer. Breklumer Verlag, Breklum 1994
Frenzel, Volker/Deppe, Frank: Sylt im Wandel – Mensch, Strand und mehr. Medien-Verlag Schubert, Hamburg 1999
Fründt, Hans-Jürgen: Insel Sylt – Reise-Know-How. Verlag Peter Rump, Bielefeld/Brackwede 1999
Hanewald, Roland: Deutschlands Nordseeinseln – Urlaubshandbuch. Verlag Peter Rump, Bielefeld/Brackwede, 3. Aufl. 1997
Hanewald, Roland: Nordfriesische Inseln – Reise-Know-How, Urlaubshandbuch. Verlag Peter Rump, Bielefeld/Brackwede 1999
Hörning, Winfried: Sylt – Literarische Reisewege. Insel, Frankfurt/Main 1999
Ihenfeldt, Detlef/Ohrenschall, Alice: Reisen in Deutschland – Helgoland. C. J. Bucher, München 1994
Jessel, Hans: Das große Sylt Buch. Ellert und Richter, Hamburg 1994
Missler, Eva: Baedeker Sylt, Amrum, Föhr, Halligen; mit Reisekarte. Verlag Karl Baedeker, Ostfildern 1998
Raabe, Walter: Nordfriesland. Köge – Watten – Inseln. Westholsteinische Verlagsanstalt Boyens, Heide 1994
Rost, Alexander: Sylt. Mit Fotografien von Urs Kluyver und Michael Pasdzior. Ellert und Richter, Hamburg 1999
Schmidt-Eppendorf, Peter: Sylt, Memoiren einer Insel. Husum Druck- und Verlagsgesellschaft, Husum 1977
Sönnichsen, Uwe/Moseberg, Jochen: Wenn die Deiche brechen – Sturmfluten und Küstenschutz an der schleswig-holsteinischen Westküste und in Hamburg. Husum Druck- und Verlagsgesellschaft, Husum 1994
Spreckelsen, Rolf: Kampen. Sylt. Ein Flirt fürs Leben. Christians, Hamburg 1996
Voigt, Harald: Die Festung Sylt – Geschichte und Entwicklung der Insel Sylt unter militärischem Einfluß 1894–1945. Verlag Nordfriisk Instituut, Bräist/Bredstedt, 3. Aufl. 1997
Walloch, Karl-H.: Das Fährhaus Munkmarsch auf Sylt – Geschichte in Geschichten. H. Schwarz, Morsum 1999
Walloch, Karl-H.: Das Sylt Lesebuch – Geschichte und Geschichten von Insulanern und Fremden. Rasch und Röhring Verlag, Hamburg 1995
Wedemeyer, Manfred: Kleine Geschichte der Insel Sylt. Verlag Peter Pomp, Essen, 2. Aufl. 1994
Wedemeyer, Manfred/Jessen, Nils-Peter: Sylter Spaziergänge. Verlag Peter Pomp, Essen 1997
Werner, Jan: Die Nordseeküste (Teil 2: Elbe bis Sylt). Delius/Klasing, Bielefeld 1997
Wernicke, Klaus/Riecken, Guntram: Nordfriesische Inseln und Halligen. Wachholtz, Neumünster 1992
sowie unzählige Zeitungsartikel und Auskünfte aus der Dokumentation des Axel Springer Verlags in Hamburg. Mit Informationen geholfen haben außerdem: Rüdiger Meyer und Britta Wonneberger (Wenningstedt), Claus Herch (Hamburg), Karl-H. Walloch (Hamburg) und die Kurverwaltungen auf Sylt und Helgoland.

Karten:

Insel Sylt, 1:25 000. Landesvermessungsamt Schleswig-Holstein 1999
Insel Sylt – Kompass Wanderkarte, 1:40 000. Mit allen Ortsplänen, mit Straßenverzeichnissen, mit Wanderführer von Hubertus Jessel. Innsbruck, 17. Auflage 1998
Insel Sylt – mit den Ortsplänen, 1:13 000. Faltplan FAN Verlag, 1995
Sylt, Amrum, Föhr, Halligen – Baedeker Reisekarte 1:40 000
Amrum, Föhr im Nationalpark Schleswig-Holsteinisches Wattenmeer. Kompass-Karten, Innsbruck 1997
Cuxhaven und Helgoland. Falk, Hamburg 1992